WEI YUEDU
微阅读
1+1工程
1+1 GONGCHENG 第七辑

土坯墙上蝴蝶飞

刘会然

百花洲文艺出版社
BAIHUAZHOU LITERATURE AND ART PRESS

图书在版编目（CIP）数据

土坯墙上蝴蝶飞／刘会然著．—南昌：百花洲文
艺出版社，2014.9（2016.4 重印）

（微阅读 1＋1 工程）

ISBN 978－7－5500－1060－4

Ⅰ.①土… Ⅱ.①刘… Ⅲ.①小小说—小说集—中国
—当代 Ⅳ.①I247.8

中国版本图书馆 CIP 数据核字（2014）第 195343 号

土坯墙上蝴蝶飞

刘会然　著

出　版　人：姚雪雪
组稿编辑：陈永林
责任编辑：张　越
出　　　版：百花洲文艺出版社
发行单位：全国新华书店
印　　　刷：北京一鑫印务有限责任公司
开　　　本：787mm×1092mm　1/16
印　　　张：12
版　　　次：2016 年 4 月第 2 版
印　　　次：2016 年 4 月第 2 次印刷
字　　　数：128 千字
书　　　号：ISBN 978－7－5500－1060－4
定　　　价：20.00 元

赣版权登字：05－2015－19

邮购联系：0791－86895108
网址：http：//www.bhzwy.com
图书若有印装错误，影响阅读，可向承印厂联系调换。

前　言

　　以"极短的篇幅包容极大的思想"，才能够以小胜大，经过读者的阅读，碰撞出思想的火花，震撼人的心灵。正因为这样，微型小说成为一种充满了幽默智慧、充满了空灵巧妙的独特文体。

　　如果说在二十一世纪的头一个十年，是互联网大大改变了我们的生活，那么在我们正在经历的第二个十年里，手机将更为巨大地改变我们的生活。如今，以智能手机为平台，正在构成一个巨大的阅读平台。一种新的阅读方式正不知不觉地走进大众的生活。一个新的名词就此产生，它便是"微阅读"。微阅读，是一种借短消息、网络和短文体生存的阅读方式。微阅读是阅读领域的快餐，口袋书、手机报、微博，都代表微阅读。等车时，习惯拿出手机看新闻；走路时，喜欢戴上耳机"听"小说；陪人逛街，看电子书打发等待的时间。如果有这些行为，那说明你已在不知不觉中成为"微阅读"的忠实执行者了。让我们对微型小说前景充满信心和期待的是，微型小说在微阅读的浪潮中担当着极为重要的"源头活水"。

肩负着繁荣中国微型小说创作、促进这一文体进一步健康发展的责任和使命，微型小说选刊杂志社推出了"微阅读1＋1工程"系列丛书。这套书由一百个当代中国微型小说作家的个人自选集组成，是微型小说选刊杂志社的一项以"打造文体，推出作家，奉献精品"为目的的微型小说重点工程。相信这套书的出版，对于促进微型小说文体的进一步推广和传播，对于激励微型小说作家的创作热情，对于微型小说这一文体与新媒体的进一步结合，将有着极为重要的作用和意义。

编者

2014 年 9 月

目　录

胶囊公寓

金黄的太阳映照在金黄的菜花上，娇艳的菜花姑娘早已绽开粉嘟嘟的嘴唇，可菜花姑娘等到的只是一群群肮脏的苍蝇或恶心的臭虫。菜花姑娘盼啊盼，勤劳而英俊的蜜蜂哥哥却迟迟没有出现。

暮春时节的山川大地，万物早已欣欣向荣，一派明媚。蜜蜂哥哥到哪里去了呢？

此时的蜜蜂家族全都禁闭在他们的胶囊公寓里。问题也是出现在胶囊公寓上。

还是在立春不久，一只侦察蜂落在人类的一张报纸上。侦察蜂落到的地方竟然写着胶囊公寓几个字。这只侦察蜂顿时有了兴趣，他看了一下标题：A城兴起建造胶囊公寓热潮。侦察蜂吓了一跳，他想，胶囊公寓可是他们蜂族的专利，报纸上说的是怎么回事？

侦察蜂仔细阅读了整篇新闻，他明白了，由于人类的房价高得如天上的星星，普通人只有仰望的份，于是有人建起了窄小的胶囊公寓出租。

侦察蜂一看这新闻非同小可，他马上截取这则新闻并立即飞回蜂巢。他火急火燎地把事件告诉了蜂王。

蜂王了解这则新闻后气急败坏，连说不可能。蜂族的胶囊建造从来是蜂族的重大秘密，而且传男不传女，这项建造秘密怎么可能外泄呢？蜂王叹息道，要是把胶囊居室的建造秘密外泄，这可是蜂史上最耻辱的事件，蜂王我也没有脸面去见列祖列宗了。

蜂王还是镇定了下来，说人类写新闻喜欢夸大事实，为了制造噱头不惜造假新闻。蜂王决定派遣侦察蜂去新闻所在地查看。

很快，侦察蜂回来了并马上和蜂王汇报，说，报纸的内容属实。蜂族最伟大的建造工艺的确被人类盗取，而且这些胶囊公寓都是给一些"蚁族"们居住。

蜂王很愤怒，立即派遣侦察蜂看看是那些人在盗取了属于蜂族的工艺。

不久侦察蜂回来了，说是一些精明的旅馆小老板。

蜜蜂们纷纷议论，怎样可能呢？说是人类的科学家在盗用还可能，怎么会是一群研究水平低下、普普通通的旅馆小老板呢。

蜜蜂们觉得很羞愧。

蜂王更气愤，他说，我们蜂族的胶囊公寓是所有生灵中最精美，最科学的居室。如今人类竟然建造起来给"蚁族"们居住，蜂族的胶囊公寓岂能成为"蚁族"的天堂。餐花饮露的蜂族可是最鄙视啃泥吞沙的蚁族了。

蜂王生气地说，先前，人类科学家通过研究我们的飞行姿态破译了我们的部分语言，这是可以原谅的。因为这是人类的科学家所为。但如今，胶囊技术竟然被普通老百姓破译，这难道不是奇耻大辱吗？

蜂王狠狠地捶了一下桌子，说我不信这些人的智慧，肯定是我们蜂族出现了奸细，把我们蜂族建造胶囊居室的秘密外泄，我们无论如何要把蜂族中的奸细找出来。

蜂王立即宣布命令：除了最忠实于自己的侦察蜂外出调查，其他所有蜜蜂一律在胶囊公寓里禁闭。

数周过去了，侦察蜂没有查到任何蛛丝马迹。

日子一天一天过，繁花似锦的春天马上就要逃走了。蜂库里的口粮也越来越少了，野外的花朵次第凋零。蜂王只好解除禁令，让所有蜜蜂外出采花酿蜜。

同时，蜂王也暗暗下令，要求蜂族中最聪明的设计师重新设计蜜蜂的居室。或许不久，蜜蜂的新居室会出现在万物生灵面前，那又将会是怎样的构造呢？

父亲的斑马线

刚来城里几天，父亲就像失去阳光的麦苗，病恹恹的。

我劝父亲多去公园里走走。

公园就在我们房子对面，横穿一条大道就到了。公园很大，风景秀丽，活动的人也多。

父亲说，横亘在房前的大道上车辆川流不息，很麻烦。我告诉父亲，过大道时走斑马线，所有的车子都会停下来让你，很方便的。

父亲说，真的吗，斑马线这么神奇？

我说千真万确。

父亲好奇地问，什么是斑马线，是留给斑马走的线吗？我笑了起来，城里哪里有斑马，是大道上用白漆漆成的像斑马颜色一样的线。斑马线是方便路人横过大道。我再一次告诉父亲，在斑马线上行走，所有的车辆都会停下来让你。

父亲问，是所有的车辆吗？我说是的，是所有的车辆！

父亲还是不肯相信。我亲自带他过了一次斑马线之后，父亲啧啧称奇，说城里人真文明，乡下的车都是在路上横冲直撞的，怪吓人。

父亲再问，在斑马线上要是车辆不停下来让行人将会怎样？

我说交警会严厉地处理他，罚款，扣分，严重的还要吊销驾照。

父亲说，好，城里的制度就是好。

闲着的时候，父亲就一个人去对面的公园里散步。开始过斑马线时，父亲还是畏首畏脚。几次过后，父亲总算放心了。渐渐的，每次过斑马线，父亲总是昂首挺胸，巡视着来往的车子，活像是一位检阅军队的大将军。

父亲说他喜欢这种感觉，走在斑马线的时候，所有的车辆都齐刷刷地停在脚下，父亲说就像检阅自己饲养的那群整齐划一的鸡鸭一样。

公园里散步的，遛鸟的，遛狗的，多是成群结队。他们都是一些退休的城里人，饱含城里人的气质。

父亲不懂遛鸟，不懂遛狗。父亲想，城里人真怪，让鸟在天空、树上鸣叫不是比在笼子里更动听吗？还有，让狗猫它们自己走就是了，为什么要用根粗粗的绳索拴在脖子上，狗和猫不是都有灵性，知道回家的路吗？

那次，父亲对一遛鸟的大爷说，你爱鸟吗？大爷说，你不是废话吗，我每天喂它最高级的饲料，还放交响乐给它听。父亲说，既然你爱鸟，你干嘛要把鸟儿关在笼子里，像坐牢一样。

大爷剜了父亲一眼：你乡下来的吧。

那次，父亲对一个遛狗的大妈说，你爱狗吗？大妈说，你不是废话吗，我每天都要给它美容按摩，晚上我们还同睡一张床的。父亲说，既然你爱狗，你干嘛不放开绳索让狗儿自由玩耍。

大妈啐了父亲一句：你乡下来的吧。

以后，公园里的城里人看到父亲走近，都纷纷躲闪。乡下来的父亲孤零零的。

那天，父亲精神一振，像发现了沙漠中的绿洲。他发现一乡下人正吃力地铲一大堆游人遗弃的垃圾。父亲觉得应该去帮一下乡下来的兄弟。二话没说，父亲走过去拿起铲子就干上了。乡下人很紧张，说，你乡下来的吧？

父亲说是啊，你不也是吗？

乡下人说，大哥，我求求你了，你千万不要帮我。你一帮我，明天我手里的铲子可能就没有了。说着，乡下人忙从兜里掏出一包烟递给父亲。大哥，帮帮忙，我是从乡下来的，现在好不容易找到这份工作，我老伴还卧病在家呢。

父亲很纳闷，我真心帮帮他，想和他聊上几句话，他却认为我抢他饭碗。嗨，父亲叹了一声。

父亲觉得没有意思了。父亲说，公园虽然景色优美，聊天的也多，可只有树木愿意和他说话了。

不过父亲还是喜欢去公园，他觉得过斑马线的感觉真好。父亲空闲的时候，他总喜欢在斑马线上晃来荡去。在斑马线上，父亲仿佛找回了所有的信心与尊严。

那天，父亲在检阅他的"军队"的时候，一车辆急速而过，父亲还没有明白怎么回事，车辆已经碾过了他的头颅。

父亲也许在另一个世界也不会明白，自己竟然会倒在一辆交警车的轮子底下，而交警车正是为了追赶一辆乱闯斑马线的肇事车。

闻　香

　　在落日的余晖中，市郊一个街道拐角处的面包房正金碧辉煌。在这个偏僻的地段，面包房犹如一位楚楚动人的贵妇，挺胸翘臀地仰视着来往的人流。

　　这里是城乡结合处，房租是闹市区的五分之一。这里居住的都是些在闹市区干活的农民工，他们早出晚归，像候鸟般按固定的路线匆匆去，匆匆归。

　　现在正值假期，部分农民工的孩子接到这里来团聚了。他们是不能陪父母亲去出工的。在父母亲上工期间，他们只能呆在出租房里或在房子四周的街道闲逛。诱惑他们的新式物品或电视里见到过的种种神奇的什物，目前他们还是无法去闹市区亲密触摸。

　　来的孩子很多，大多是些学龄小男孩。虽然来自不同的地方，不出半天，他们就打成了一片，做起了属于他们年龄段的游戏来。

　　面包房虽然和这里隔了好几条街，或许是面包房的香气实在太馥郁，或许是孩子们的嗅觉太过敏锐，很快他们就循香发现了拐角处的面包房。他们小心翼翼地凑了过去，在彩灯辉映下，他们终于看到了玻璃橱窗中黄金似的面包和抹满五彩奶油的各式蛋糕。他们口水满襟。

　　门口梳着盘髻、穿着旗袍的迎宾女士看到了这群满脸污浊的男孩。她让这群孩子远远地看，但不准他们靠近，因为孩子的手会在透明的玻璃橱窗上留下污迹，脏了的话是她负责清洗的。

　　这天晚上，数个逼仄的出租房里都传来了父母打骂孩子的声音，显然这是因为孩子白天去过面包房的缘故。他们并不知道，父母亲赚了一天的工钱或许买不到一盒精致的面包。孩子的贪欲与逞强只能换来一顿皮肉之苦。

第二天，挨过打骂后的孩子似乎憎恨起了诱人的面包房，他们都不愿再朝那个飘香的方向走。他们漫不经心地在它的反方向做着游戏，但热情似乎锐减了许多。不到两个小时，他们都以各种借口离开了。

黄昏是美丽的，特别是郊区的黄昏，能看到血红的斜阳落山，能看到翱翔的飞鸟归巢。可他们的父母亲却比昏鸦还回来得晚。明月当空，他们才能听到父母迟归的自行车的铃当声。踏着月光的行板，这时的孩子早已是饥肠辘辘。

拐角的面包房像往常一样灯火辉煌，在霓虹灯的宣泄下，几个黑乎乎的脑袋不约而同地在街对面徘徊。

一个高鼻子男孩说：真香！其他的孩子也附和：真香！

他们发现瘦小的塌鼻子男孩也在附和，就嘲笑了起来。

你的鼻子也能闻到香味？

塌鼻子男孩不屑地回答，怎么不能？

哈哈，你不要骗人了，昨天我们把尿撒到你衣服上，你都没有闻到，你还能闻到面包的香味？

我闻不到尿的气味，但我可以闻到面包的味道啊！塌鼻子男孩又把鼻子使劲地朝面包房的方向努了努，仿佛要把整个面包房的香气都掠了过来。

其他的男孩看到他拼命努，马上毫不示弱地抻长自己的鼻子，憋着嘴深吸气。

努了一会儿，高鼻子男孩大骂起来，妈的，怎么不香了。他们小小的年纪哪里懂得"入芝兰之室，久而不闻其香"的道理。

他们纷纷把头转向塌鼻子男孩，说，你赶紧把鼻子蒙起来。

塌鼻子男孩感到很委屈，说，凭什么我要蒙鼻子？

高鼻子男孩说，你这死塌鼻子，闻香的功能肯定比我们强，你赶紧蒙起来，你闻光了我们闻什么？

塌鼻子男孩没有屈服，他依旧努力地抻长脖子对准面包房。

高鼻子男孩火了，一挥手，其他男孩一拥而上。塌鼻子男孩很快就拱翻在地。他们用单脚踩住塌鼻子男孩的两手两脚，用地上丢弃的广告宣传海报狠狠地塞住了塌鼻子男孩的鼻孔甚至嘴巴。

然后，他们笑了起来，笑后又拼命朝面包房方向努，几乎想把面包的香气吸到肌肉中甚至血液里。

华灯初绽，孩子们像满载而归的将军。他们把鼻子朝向星空，富足地踱着步子，朝家的方向飘去。

塌鼻子男孩挣扎着站了起来，扯开鼻孔和嘴上的纸。他朝面包房的方向努了几努，孤零零地朝一个漆黑的桥洞走去……

陨落的天使

对"美学"有特殊的偏爱，缘于教"美学"这门课程的是方老师。

方老师是位年龄与我们相仿的漂亮女孩，刚从国内一所名牌高校毕业。据说她还拥有博士学位，像她这样年轻漂亮还拥有博士学位的女教师，在我们这所三类大学是不多见的。

主讲"当代文学"的方老师，"美学"只是她教的公选课。可是，每个学期方老师的"美学"公选课总是人满为患，以至于学校不得不将大批选了"美学"的同学调换到其他课程。因此，对我这个非中文系的学生，能够听方老师讲美学，可谓是天赐良机。

方老师人年轻，脸蛋、身材令许多女生艳羡。一袭长发上总会别上一枚美丽的蝴蝶发针。以至一下课，其他班的男生都拥进我们教室，目的只有一个：目睹一下方老师的容颜。

不仅是外表具有诱惑力，方老师讲课也同样充满魅力。标准的普通话，抑扬顿挫的声调，形象而生动的讲叙，特别是头上的蝴蝶发针也会随着她的激情飞扬翩翩而舞。在她声情并茂的引导下，我们总能领略到一个个奇妙的美学境界。没有苦涩的原理，没有古板的说教，方老师的讲课总是新颖而富足。

有一次，当我们问她为什么总喜欢佩戴蝴蝶发针时，她的回答更使我们确信她对美学的独到见解。她说："蝴蝶是花的精灵，拥有天使般的美丽和智慧。"

因此，我也喜欢上了蝴蝶。

那是一个春光明媚的午后，落日的余晖透过窗棂，在教室里撒下一地的金黄。一只轻盈的蝴蝶闯入教室，带着太阳留给大自然最后的余温。

同学们为这只翩翩起舞的蝴蝶雀跃，纷纷昂头观望，眼神随着蝴蝶的飞翔而旋转。这只可爱的小精灵时而滑翔，时而曼舞，时而停栖。

方老师也注意到了这只误闯教室的蝴蝶。在蝴蝶飞过头顶时，方老师把手中的讲义轻轻一抛，一次，两次，蝴蝶都能轻盈躲闪。同学们对方老师的举动先是一怔后是哄笑。

脸蛋绯红的方老师并不气馁。待蝴蝶停栖的瞬间，她把同学手中一本厚厚的书抓起，以一个潇洒而迅捷的投掷动作，"啪"的一声打在墙上。

蝴蝶挣扎了数下，轻轻地从墙上滑落，飘飞成一段优美的弧线。方老师快速走上，将皮鞋轻轻踏上，尖尖的后跟一转，旋转成一道凄艳的轨迹。

课仍由别着蝴蝶发针的方老师上着，可我对美学的热情就像那只天使般的蝴蝶，淡淡地陨落。

大卫搭车

　　大卫在省城读大学，专业是机械动力学。由于家乡在一个偏僻的小山村，为了给家里省点车费，大卫整整四年都没有回过家。

　　现在大学毕业了，也在省城找了一份不错的工作，大卫觉得应该回老家看望含辛茹苦的父母亲了。

　　大卫从省城坐火车到了家乡所在的县城。几年没有回来，大卫觉得县城漂亮多了，街道宽敞，高楼高耸。道路上车水马龙，人流不息，一片繁忙的景象。虽然县城的繁华比省城差得远，但大卫还是为家乡的县城焕然一新感到兴奋与自豪。大卫想，县城变好了，自己家乡的面貌肯定也变得不错了吧？

　　归心似箭，大卫赶紧来到县客运中心，买了一张去家乡的车票。

　　车很快开了，买票的顾客不多，只有两三位。可车一开出车站，呼啦一下，上来了一大帮人，座位差不多就坐满了。

　　没过多久，又上来几位小伙子，这时，客车的座位是完完全全坐满了。大卫满以为车子会朝家乡的方向奔去。可是到了市郊，司机却来回在道路上转圈，招了一拨拨的乘客上车。坐着的、站着的乘客挤成一团，像罐头里的鱼丁。

　　这下，血气方刚的大卫坐不住了。大卫急忙对司机和售票员说，车辆超载是违法的，更是不安全的！

　　司机很纳闷地看着大卫，怎么会不安全？我每天都这样满满当当的啊！

　　大卫说，不行，这样做绝对是不行，怎么能拿老百姓的生命开玩笑？

我是大学毕业生，而且学的就是机械动力学，我知道车辆超载的严重危害！

司机说，那咋办？难道要把这些没有座位的赶下去？再说，他们愿意下去吗？

大卫说我来试试。

于是大卫很耐心地给站着的乘客说了超载的危害，既讲了理论依据也说了现实危害。说了近半个小时，可站着的乘客没有一个人搭理大卫，他们都把眼睛朝向窗外。有一个染着红头发小青年说，你说得条条是道，那你把座位让给我，你坐下一班车好了！其他乘客哈哈大笑起来。

大卫说，我下去可以，可这还是超载啊！不行，全车人的安全还是没有解除，我作为一个知识分子，绝对不能坐视老百姓的生命安全不管。

大卫找到司机说，你必须把没有座位的乘客赶下去，你要对乘客的生命负责啊！这样下去，我就要报警了。

司机说，他们不下去，我也没有办法啊，你报警好了。

大卫在车厢里询问，谁有手机？借给我打个电话，110是免费的。车厢里有人嘀咕着，现在还用这样老套的办法来骗人手机，真可笑。

车上没有一个人愿意把手机借给大卫。

大卫对司机说，在解决超载问题之前，车不能开。说着，他要司机停车，自己马上挡在车的前面，这样车就无法向前开了。

这时，车厢的人沸腾了，怎么回事啊？超载这几人有什么关系，以前不都是这样吗？谁受到过危害？

有个老大爷拉开车窗劝大卫：小伙子，没事的，我都坐了好些年了，上来吧，还是让司机快点开车走吧。

大卫说，不行，那是你的侥幸，超载是危险的，今天我一定要制止。

染着红发的小青年说，奶奶的，哪里来了个另类，司机，我可是去约会的，我女朋友跑了，你要担当责任的！车厢里有个抱着小孩的妇女说，我去娘家还要走十来里的山路，得赶紧啊。其他人也跟着说，天气炎热，这么耗下去不是办法……

司机说，那怎么办？

染发小青年说，司机，把钱退给他不就得了。其他的乘客说，对啊，把钱退给他，叫他滚开！

没有办法，为了照顾大伙，司机只好把钱退给了大卫。

无奈，退了钱的大卫只好让开。载着一厢对大卫的愤怒，车子急速离去。

大卫只好在原地等下一班车的到来。

一个小时后，大卫上车了；半个小时后，大卫又下车了。

一个小时后，大卫上车了；半个小时后，大卫又下车了。

……

# 要动　动我

那天，公司派我去一个乡镇洽谈一项新业务。那个乡镇很偏僻，到那里去要经过一座大森林。早就听别人说过，那一带治安相当乱，经常出现打架斗殴事件，而且去那个乡镇，经过那片茂密森林的时候，常常有打劫的歹徒出现。政府虽然多次打击，但由于地处偏僻山区，山高皇帝远，打击风头一过，这些人又会出现。公司领导听这么一说，也劝我要注意安全，少带点钱去为好。

我不以为然，现在什么年代了，竟然还有拦路打劫的，我只是在电视电影里才看到过，在现实中出现，我还想象它有点浪漫的感觉。

从车站买好票，客车八点准时出发。除了驾驶员和售票员，整个客车的乘客加上我才六人，一对老夫妇带着一个孩子，一对母女。老年夫妇手里都拿着拐杖，孩子只有四五岁的样子，模样挺可爱。那对母女好像不是本地人，像是大城市里回老家探亲的。母亲五十来岁，鬓角的头发开始泛白。女儿二十出头，着装大胆，洋溢着都市少女性感妩媚的气息。

可能是由于陌生的原因，在颠簸的路上，我们都沉默无语。我忙着整理公司的文件。老年夫妇在逗小孙子玩。母女可能好久没有来过农村，一直在谈论路上看到的风景，很是兴奋。

客车大概开了两个来小时，就进入了一山谷。满山是松树林，郁郁葱葱，一眼望不到头。这里山高路陡，客车也颠簸不已，难道这里就是那个危险的地带吗？我心里不由得一紧，虽然外面还是艳阳高照，但在重重叠叠的树荫下，阳光惨淡，想象中浪漫的感觉消失得无影无踪。

客车在山谷里穿行了近一个小时，打劫的并没有出现，我正暗暗笑起了传说的无聊。这时，驾驶员忽然说了句："不好，前面一大石块挡住了去路。"

一个紧急刹车，售票员正要下车看个究竟，车门一打开，忽地，一下不知从什么地方蹿上来三个人。这三人都眼戴墨镜，一上来就用眼睛四处打量。我一惊，难道真的遇到打劫的了？

果然，这三个人很直截了当要我们赶快把钱包献出来。或许从来没有见过这种场面，老年夫妇赶紧颤颤巍巍地掏出钱包。那对母女也依依不舍地从背包里掏出钱包来。我年轻力壮，但在这样的情况下，一个人是无能为力的，没有办法，我也只好认命，也把钱包甩给了他们。

那三个人拿了我们的钱包后，正欲下车，可其中最胖的那个脱下墨镜，色眯眯地看了那个女孩一眼，用眼角瞟了一下两位同伙。他们好像意会到了什么，一步一步朝女孩走来，难道要……

他们的魔爪果然朝女孩伸了过来，女孩子吓得哇哇大哭。母亲只好站在女孩前面用手和身体来挡住他们。

可歹徒们并没有放弃，他们恶狠狠地先拖开母亲。母亲马上又站回来用身体来挡，拖了一次挡一次。最后歹徒发怒了，他们竟然把母亲推倒在地板上，继续扑向女孩……

母亲不知从哪里来的力气，迅快地从地上爬起来，大吼一声：要动，动我！说着，立即把衣服脱了下来，狠狠地摔在地上……

三个歹徒被这突如其来的举动震住了，他们呆呆地站在原地，看着地上的衣服，还有挡在他们眼前那白晃晃的胸膛。半晌，他们讪讪离去。

你还记得回来的路吗

他俩青梅竹马，在一个院子里长大。读小学时，他们携手一起上学，一同回家，是对形影不离的好朋友。到了中学，他长得眉清目秀，肩宽体阔。她也婷婷玉立，凹凸有致。虽然他家早已搬出了院子，他们依然有说有笑地在一起学习。上下学，她都坐在他的山地自行车后座上，一路轻舞飞扬。

他学习一直拔尖。她学习平平。高考那年，他以高分上了一所全国著名的重点大学。可她却以两分之差与大学擦肩而过。

他安慰她没有关系，我们依然是好朋友。他不停地给她写信，给她讲了大学校园许许多多的趣事。他甚至许诺，毕业后一定娶她为妻。她毕业后在一家私营企业做了一名普通的纺织工，每天在流水线穿梭。对他的信誓旦旦，她粲然而笑。

大学毕业后，他毅然放弃了在大城市工作的机会，来到故乡这个山城。他说为了娶她。

可他家里却掀起了一阵风暴。他父亲是政府机关的干部，母亲也是生意场上的女强人。父母对他的选择很迷惑，重点大学毕业的他怎么就会看上她。她父亲早逝，母亲是个街头的裁缝工，名声不正。父母认为儿子娶她将是家庭的灾难，和她这样的家庭结为亲家也是一种耻辱。

可他很决然，即使父母以断绝亲人关系相逼也没有退步。

父母没有办法，托一位美国朋友，让他去美国留学，目的也是想让距离斩断他们的情缘。

走的那天，他和她闪电般结了婚。他来到她城郊的出租房了。房子简陋、摇摇可坠。他说就让这里成为我们的家吧。

他到了美国，春风得意，很快就成为华裔界的骄子。

每个黄昏，他都会想她以及那间简陋的房子。

那年，老家的山城来了一次地震，震幅很大，很多人家伤亡惨重，流离失所。

他打远洋电话给母亲，委婉问起她的情况。母亲说没有看到她了，或许到另一个世界了。

他很伤心，他发誓一辈子也不回这座让他疼痛的山城。

两年后，他又结婚了，是个美国洋妞，一年后也有了孩子。

过了很久，或许是十年、十五年吧。由于金融风暴，他开的公司破产了，多年繁华成一梦，妻子儿子离开了他。

疲惫的他想到了故乡这座山城。很快，他回来了，发现地震留给山城的伤迹依存。

他遇到了一位高中时的同学，打探起她的情况。同学告诉他，她还活着，还带着一个孩子。她也知道你结婚的消息，也打算找个人结婚，可她身边带着一个莫明其妙的孩子。她现在生活很苦，以前的单位破产了，现在以贩卖蔬菜为生，性格变得乖戾了，痛苦的时候经常打孩子出气……

同学劝他说，你伤害过她，她肯定不会原谅你了，你最好不要去找她了。

他凄然，要了她的电话号码。

一个黄昏的雨后，他还是忍不住拨了她的电话。他说，我想回来看看。

她只是淡然一句：你还记得回来的路吗？

他发现自己涕泗滂沱。

爱如茶水

母亲节，他对她说，今天该去城郊把母亲接过来了。她说，你看着办吧。

他这才想起，自己好些日子没有回过老家了。其实老家就在城郊，虽然离他现在住的新区只有半小时路程，但由于公司在初创阶段，他很难抽上时间回去一次。他想起了父母亲，他们为了培养他读大学，含辛茹苦。那年父亲患上胃癌，为了让唯一的儿子能在国外顺利完成 MBA，他们竟隐瞒着儿子。最后他是满载荣归，但父亲也离他而去了。想到这里，他感觉眼睛模糊，眼角滚烫得很。

很快，他就把母亲小心翼翼地搀扶到了自己亮堂的小车上。启动汽车的刹那，看着自己生活过的斑驳老屋，他心里空落落的。

母亲第一次到了儿子家，有点受宠若惊。在金碧辉煌的客厅里，她有一丝眩晕，特别是璀璨的灯光，照在她皱褶的脸上，犹如沧桑的灰白土墙。

中午，他对她说，该带母亲去餐馆吃饭了。她说，随便吧。于是，他们来到繁华的"康乃馨"宾馆。这天，人特多，没有包厢了。他们选择一个靠窗的餐桌。

他为每人要了一杯茶，母亲、妻子、儿子和自己。茶是西湖龙井，88 元一杯。从远远的地方茶就盈香而来。母亲习惯了喝白开水，对略带苦涩的龙井很难下嘴，她抿了一口，很快就把它搁在桌角，他们三人把龙井喝得只剩下茶叶了。

天气燥热，像有雷雨。

穿着旗袍的服务员优雅走来，菜上齐了。菜很丰盈，色香具佳，他们开始吃了起来，有几盘是母亲从来没有吃到过的，像平时一样，母亲吃得很省，一块咸鱼片竟让母亲咽下了一大碗米饭。

儿子吃得很快，一不小心，被辣椒呛了一下，哭着要水喝。母亲对孙子说，喝奶奶的茶吧！说着把杯子举起，送往孙子。妻子横手一挡，青碧的茶水从杯里晃荡而出，洒在他正在吃的那块红烧兔腿和金丝眼镜框上。母亲举茶杯的手僵持在空中，缓缓地，茶杯重新搁回桌角。

妻子"霍"地拿出翡翠镶嵌的钱包，掏出一张崭新的百元大钞。去，她对儿子说，去买一听饮料。

母亲的龙井在明亮灯光的照耀下，晶莹剔透。母亲把筷子缓缓搁下，注视着茶杯，恍惚中，眼角迷离。

他把正在吃的那块红烧兔腿放下，摘下眼镜。忽然，他猛地端起母亲的龙井，一饮而尽……

以后的每个周日，不管风和日丽还是狂风暴雨，很多人都能看见，他搀扶着母亲，牵着儿子出现在"康乃馨"宾馆。至于他的妻子，人们说很久都没有看到了。

亲吻母亲

六一前夕，市电视台策划一个儿童节目，主题思想就是：六一，我的愿望我作主！目的是在了解小朋友愿望的基础上，电视台尽可能满足孩子们小小的心愿。

摄制组驱车来到一个叫枣花的乡村小学，在学校老师的配合下，摄制组在全校学生中随机挑选了 10 位同学。

这 10 位同学来到摄影的房间，他们叽叽喳喳、迫不及待地依次说出自己六一节想实现的愿望：有的想要一个漂亮的书包，有的想要去市里的动物园看猴子……

这时，轮到最后一位同学了，是个小男生，满脸炭黑，很害羞地躲在其他几位同学的背后。在同学们的簇拥下，他才蹑手蹑脚地来到摄像机前。问他六一想实现什么愿望时，他支支吾吾，半天不肯出声。

摄制组的人很吃惊，他与前面那几个活泼可爱的小朋友迥然。由于是随机抽选的，摄制组担心他是哑巴。在摄制组人员多次提示下，这小家伙还是耷拉着小脑袋。摄制组正准备说换个小朋友的时候；他才石破天惊地大哭一声，说："我想亲吻妈妈！"

六一那天，摄制组来到枣花小学，有的小朋友得到了漂亮的书包，有的小朋友被接到城里去看动物了。由于最后那位小朋友亲吻妈妈的愿望比较特殊，摄制组决定对他的愿望进行跟踪拍摄。

在小男孩的带领下，摄制组来到一个偏僻的村庄。村人很好奇，纷纷跟随摄制组来到一个破落的房屋前。这幢房屋残壁断垣，屋脊炭黑，可能是闹过火灾。在支离破碎的砖瓦间，几根横梁搭建了一个简易的房间。

在村里人的介绍下，摄制组才知道，三年前，这家人由于电路老化夜晚着火，父亲不幸遇难。母亲也大面积受伤，特别是脸部。为了不让孩子看到自己的脸，这位母亲整天用一块黑纱裹住脸部。孩子已是整整三年没有看到过母亲的真面目了。

这位母亲知道了摄制组采访目的后，热情地请他们进屋，但对于儿子这个愿望，她很难为情，除了乡下人的羞涩，她担心孩子知道自己的真实模样后会看不起这个丑八怪母亲。

在摄制组和村人的劝说下，母亲最后勉强答应。

母亲小心翼翼地揭下覆盖在脸上的黑纱，全身战栗地凝视着儿子。一束斜阳从窗口照入，此时摄像头前的母亲脸部斑驳、凹凸、墨黑、畸形，鼻子更是严重错位，像一块炭饼贴在脸上。摄制组人员惊诧，村人也发出了一阵唏嘘声。

母亲读懂了大伙惊恐的眼神，正当她准备用黑纱再次遮掩脸部的刹那，儿子从地上高高跃起，跳进母亲的怀里，迅速地用小小嘴唇紧紧地贴住母亲漆黑如墨的脸颊上。母亲手中的黑纱随风飘落……

母亲流泪了，儿子流泪了，摄制组的同志和村里人流泪了。据说片子在电视里播放后，很多观众也都流泪了。

从这以后，这位母亲素面朝天，在儿子面前再也不遮掩了。她似乎明白：在孩子的心目中，母亲永远都是他心田里绽放的最圣洁的百合花，不管她是最漂亮的，还是最丑陋的！

中秋月儿圆

　　那天是中秋节，我们镇上恰逢赶集，我们全家就商量一起去外面的餐馆吃饭。我们找了一大圈，平时常去的这几家豪华餐馆都坐得满满的，我们只好选择一个稍微低档一点的餐馆就餐了。

　　全家一共六个人，点了十大盘菜之后，我们就坐在餐桌上等上菜了。

　　这时，餐馆里进来了一对近七十岁的老年夫妇，他们手里牵着一个四岁上下的小男孩。老年夫妇头发苍白，满脸丘壑，皮肤黝黑。他们手里各拿着一根拐杖。小男孩衣服破烂，脸色发黄。可能是外地人，因为他们说着生硬的普通话。

　　坐下来后，老头对老太婆说："袋里还有多少钱？"老太婆说："不多了，只有几十块了。"老头说："那好吧，我们就再吃简单一点吧。"于是，他对餐馆老板说："来份青菜。"老板问："今天是中秋节，三个人吃就吃一份青菜，够？"老头说："够了，我们都是这样吃过来的。"可小男孩不依："爷爷，我们可是几个星期没有吃过肉了，我要吃肉，我要吃肉！"接着小男孩呜呜地哭了起来。老太婆抚摸着小男孩的头说："小虎乖，我们明天就吃肉，还有，找到你失散的爸爸妈妈后，我们就吃你最喜欢吃的菜，还吃你念念不忘的大龙虾，好吗？"……老太婆边说边望了望正冉冉升起的那轮明月。

　　我们的菜很快就端上来了，整个餐馆也香气四溢。我们老老少少甩开胳膊如火如荼吃了起来，喝酒声，劝酒声此起彼伏。吃着吃着，觉得意犹未尽，我们又点了一盘大龙虾和一盘鸭掌。

　　那位夫妇和孩子也开始吃了，可他们吃得很慢，盘子里那几棵青菜好像总是吃不完似的，饭也几乎是一粒一粒数着吃。小男孩边吃边向我们这边张望，口水刷刷地流个不断。由于他们吃得太慢，又占用了一张餐桌，老板催了他们几次："快点啊，你们！我还要做生意啊！"老头说："再等一等，我们老年人，吃饭慢。"过了不久，老板又来催了："你们一盘青菜吃上几个小时，我们还要不要做其他人的生意了？"老头带着哀求的语气说："再等一等，马上就好了，接着他用眼睛向我们这桌瞟了几眼。"

从下午六点吃到晚上近九点，我们吃喝了近三个小时才酒足饭饱，打着饱嗝，我们携老提幼而出。因为我埋单，我最后一个离开餐桌，我离开餐桌还不到三步，就听到老头用急切的声音说："小虎，快，大龙虾！"

小虎放下手里的碗箭步跑到我们吃的餐桌上，抄起一个碗就往嘴里倒。老太婆也拄着拐杖小跑过来，用一个事先准备好的袋子把我们吃剩的菜往里面倒。

事后，我们才得知，这对老年夫妇带着孩子是为了找寻几年前失散的儿子和媳妇。他们儿子和媳妇从山村出来帮人打了五六年的工，最后为了讨还包工头的欠款，已经整整几年没有回过家了。老年夫妇带着孩子也找寻了好几个省了……

在回家的路上，我发现今年中秋的月亮是几年来最圆最满的，它在广袤的天空中亮堂堂的发着耀眼的光，月色也如湖水一样温柔。我暗想：小男孩心中的月亮什么时候也能像今天的月亮一样亮堂，一样温柔呢？

栀子飘香

　　我们家隔壁住着一位七十多岁的阿婆。阿婆一生没有生育过孩子，老伴也前几年去世。她住在一个院子里，虽然伶仃一人，但有院子相伴，阿婆从来没有感到孤单过。

　　阿婆的院子不大，只有 10 来个平米。但这个用木栅栏围成的院子却被阿婆侍弄得一片生机盎然。这里一年四季都花团锦簇，芳草如茵。真是春有百花开、夏有绿荫盖、秋有硕果挂、冬有腊梅香。阿婆的小院宛如一幅动态风景画，一年四季挂在我们这些邻居们的窗前。

　　每天清晨，阿婆都会到院子里去侍弄她的那些花花草草。我们还在睡梦中，就能听到阿婆为花草培土或浇水的声音。阿婆总是要忙到太阳照上阳台才收拾工具回屋休息。

　　阿婆一般选择周末去上街。每次上街，我总纳闷阿婆为什么都要先准备一些硬币。有时候没有硬币，她会来我家和我母亲换。后来我才发现，阿婆准备硬币的原因是给街上那些乞讨者。

　　有一次，我问阿婆，那些乞讨者有真有假，而且多数是骗子，你干嘛碰到一个给一份，再说你也并不富裕。

　　阿婆说，我虽然不富裕，但也不缺这几个硬币，是真是假也无所谓，是真算是献一份爱心，是假也表一份心意吧。只要我是怀着一份善心给他们，我心里就有一股浓浓的欣慰……

　　每次我们去阿婆家里玩。阿婆总是迫不及待地告诉我们：哪棵树长高了，哪株花开放了。除了这个，阿婆有时也会叹息，说昨天谁家的狗或猫窜到院子里来，毁坏了几株嫩苗或刨坏了一片绿地。

在与我们聊她院子里花草树木的时候，阿婆还会为我们准备一份她自己做的年糕。阿婆的年糕和超市里买来的不同，白白嫩嫩，咀嚼不粘牙，吃起来特别香甜，扑鼻的香气愈吃愈浓。我们这些邻居们都喜欢吃阿婆的年糕。每次听到邻居家里谁要出远门，阿婆总会送上一份她亲手做的年糕。

　　阿婆院子里种植的有桃树，李子树，还有山茶花，银杏等数十种。但阿婆最喜欢的还是院子角落的那棵栀子树。阿婆曾对我们说起过：栀子树很容易成活，平时也不需要特别照顾。但栀子树开的花却是最无私的，她总是希望自己的清香飘传到最远最远的地方，让所有的人都因为她的绽放而感到芬香。

　　每年夏初，栀子花开的季节，栀子花的清香总会绕过阿婆的木栅栏随着清风飘到我们这些邻居家里来，我们小区整个初夏都会笼罩在一片馨香中。每年这个时候，透过窗棂，我们总能看到阿婆慈祥地坐在栀子花下，一脸的陶醉。

　　有时我想，其实阿婆不就是一株给人带来馨香的栀子树吗？

涌泉滴水

他两岁那年，爹就因病早逝，是娘千辛万苦拉扯他慢慢长大。14岁那年，他以优异的成绩考上了县重点高中，懂事的他却不打算再读。

他知道，初中几年的学费和生活费折腾下来，家里早已捉襟见肘了。他还记得交初三的学费时，狠心的娘把跟随了她几十年的那头齐踝的乌黑秀发剪了。

现在家里已是如水漂洗般清贫，任何值钱的东西该变卖的都变卖了，只剩下祖宗留下来的那半幢风吹雨摇的破木板房。娘也因为多年独木苦撑，劳累成疾，连医治的钱也舍不得花半分。每次看到娘捂着胸口，疼痛得汗流如雨，他的心有如锥凿。

他本来打算初三时就中途退学，但娘说，只要她还有一口气，他就要读下去。

他读下去了，而且有了硕大的果实，但他知道这个果实自己还是不要去采摘为好。14岁的他，该减轻娘的负担了。

那天，是个暑期炎热的凌晨，他一个人偷偷地来到城郊的煤矿，二话没说就用箩筐挑起了煤。他稚嫩的肩膀生痛，但一想到能给娘减轻负担了，他异常兴奋，步履匆匆穿梭在井底和矿场之间。

一天挑上16个小时，黑心老板只给他8元钱，但他没有任何怨言，因为他害怕自己是童工，老板辞了他。

娘找到他时，把眼窝都哭得枯竭了。母子抱头痛哭，但他还是不愿回去读书。

娘还是那句掷地有声的话：只要我还有一口气，你就不能辍学！

无奈，他跟着娘跟跟跄跄回家了。

第二天，娘就把自己嫁给了村里的老光棍陈拐。陈拐是什么人？用村里人的话说是个恶贯满盈的村痞，仗着家里有点家产，游手好闲，滋是生非，典型的乡村油子，娶了好几任老婆，都忍受不了他的暴打，跑了。

他死活不同意，但娘很决然。他不明白娘这个时候会选择陈拐。很快，他明白了，娘单靠自己疾羸的身躯再也无法撑起儿子学业的大厦了。直白一点说是为了钱，他读书的所有花费。

他很快读完了高中，考上了大学。每次回去，他都看到娘身上遍体鳞伤。他心在泣血，心里无比憎恨陈拐，他甚至有过杀陈拐的想法。他哭着要娘离开陈拐，可娘总是摇摇头，说我的事你不要管，你管好自己读书吧。

很快，他大学毕业了，在政府机关找了一份工作。

他说，娘，咱现在参加工作有钱了，你离开陈拐吧。母亲还是摇头，说我的事你不要管，你管好自己的工作吧。

好学上进的他很快成了某局的科长了。结婚前，他去接娘进城喝喜酒。可娘竟然要他把陈拐也带上，娘补充说，你们拜爹娘时，陈拐就是你的爹。他哪里能接受陈拐这样的爹？他和母亲吵了起来。娘坚决说要带上陈拐。娘俩谁都不肯让步。他以不赡养她下半生甚至断绝母子关系威胁娘，但娘依然坚持要带上陈拐。

他和未婚妻都无法接受这样一个爹。有着大好前程的他更害怕同事们取笑他这个莫明其妙的爹。最后，他一个人悻悻而回。

几年来，他一直无法原谅娘，因为娘让他在婚礼上出了洋相，拜爹娘的时候，他和妻子竟然无法完成。

他再不回了。偶尔有娘的消息，他心里也平静如水。娘依然和陈拐生活在一起。那年陈拐因病去世，娘要他回去参加葬礼。他没有去。娘一个人生活在乡村，他时常资助娘一些钱和物品，但都被娘一一退回。他知道娘在恨他，根本不给他报答的机会，他干脆什么都不给娘了。

那次，他知道娘重病住院，可他心里对娘的阴霾还在，请人捎了一

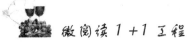

些钱过去，自己以出差为由，没有去医院。可捎去的钱依然被娘退回。

几年后，操劳一生的娘行将就木了。他心底依然无法原谅娘，他知道娘肯定也恨他这个不孝儿子。

那次娘真的不行了，托人说想见他。他去了。站在娘的病床前，他憋了很久才怯怯地唤了一声娘。昏迷中的娘竟然脸如栀子，涕泗滂沱。最后娘是含笑而去的。他痛哭得像个孩子。

他这才明白，娘一辈子含辛茹苦为他付出的涌泉之恩，只期待他滴水的回报啊。

水果阿婆

学校门口有两个卖水果的摊点，拐角左边是位老太婆，右边的是位中年妇女，她们都是城郊来的果农。我们都不知道她们的名字，看她们都是做水果生意的，我们就叫年纪老的为水果阿婆，叫中年的为水果阿姨。

说实话，单位的同事都很不喜欢去水果阿婆这里买水果，不是因为她年纪大的原因，而是因为她的斤斤计较。在她这里买水果，称到价钱多少就是多少，她不会要你多一分，更不能少她一分，在价钱上她不会变通，很固执。

第一次去她那里买水果，我就感受到了她固执的计较。我记得那时我买的苹果价钱是五块两毛，我正好没有带散钱，我说这两毛就算了，可她却不依不饶，硬是要我拿出一张百元大钞给她找。

遭遇了这一次，我以后买水果都是到拐角的另一边去。

那天傍晚，儿子吵着要买苹果吃，正好水果阿姨这里缺货了，我只好到水果阿婆这里买。心里虽然有疙瘩，但去别的地方买又太远。水果阿婆还是和以前一样，称到价钱多少就是多少，一个硬币也不能少。

我提着苹果一到家，就发现自己新买来的手机不见了。这手机是妻子前几天花了近四千元买来送给我的生日礼物。我在家里左翻右找，就是没有找到。一想，可能是满身口袋寻找散钱的时候，落在水果阿婆摊点上去了。我急忙地跑到校门口，这时，水果阿婆已经收拾好摊点回家了。我只好悻悻而回，心里一直默念着我那珍贵的手机。

第二天，我一大早就去门口找水果阿婆，可是她没有来，待到太阳升得老高，她还是没有出现。以前不管刮风下雨，她总是最早摆好摊点的，今天怎么了？整整一天，她都没有出现。像一个幽灵，接下来的数天，她仿佛消失了一般。

妻子愤怒地对我说：肯定是她拿了，否则她这些天躲什么？你要知道这个手机可是她卖水果近一年的收入，她愿意还给咱们吗？听妻子这样一说，想起她平时的斤斤计较，也就确信手机再也不会回来了。嗨，想到她的贪图小便宜，要不是碍于我教师的身份，我还真想当街吼骂她几句。

由于一直找不到水果阿婆，我对手机一事也慢慢地淡忘了。

那时，是个冬天，大雪整整下了一个星期。忽然有一天，新来的门卫老李闯进我正在上课的教室，说一个老太婆正急切地找我。

会是谁来找我？我寻思着来到传达室，一看竟然是水果阿婆。她头顶上融化的雪花正一滴一滴往下坠落。数天不见，水果阿婆竟然像换了一个人似的，两眼无神，脸色颓废，看上去苍老了许多。她颤颤巍巍地从上衣口袋里掏出一块红布包裹的东西。我一看正是我那丢失的手机！

水果阿婆说，那天，我卖完你的水果后家里就来人了，说我老伴从果树上摔了下来。我赶紧收拾摊点，拼命往家里赶，也没有注意你的手机落在我的水果堆里，直到几天后，在整理水果的时候，我这才发现。真对不起，刘老师，让你等了这么久……

我心里忽然涌起一阵酸楚，可也从这以后，水果阿婆再也没有出现在我们学校的门口。听水果阿姨说：她哪里还有时间来卖水果？老伴摔得半身不遂，膝下又无儿无女，她照顾都来不及……

 # 长鼻子刮饭婆

失去父爱的天空是苦涩的，苦涩的天空赐给我多雨的青春。

在多雨的青春里，我敏感、乖戾，特别是看到可恶的长鼻子刮饭婆，我会有青春期莫名的冲动：揍她。

可我没有，理性闸门还能掌控冲动的狂潮，特别是每次考到一个满意的分数，狂潮会渐渐静谧。

那时，我们这个乡村初中学生偷窃饭盒的现象严重，很多学生吃不饱饭，家长频频闹意见。学校采用了一个绝妙的办法：每八人共用一个铝皮大饭盒，轮流去蒸饭、抬饭。这一招还够"损"，浑水摸鱼的学生难以下手了。可铝皮大饭盒笨重，谁也不情愿负责蒸饭、抬饭，特别是有雨的冬天。

于是，他们七人都成全了我，免了我的份子米，只要我负责蒸饭、抬饭。铝皮大饭盒呈长方形，长、宽、高分别为30厘米、20厘米、5厘米左右。吃饭的时候，先划分八块，每人一块。每个人分量只有豆腐似的那么大。十一二岁的年龄，身体疯长，这点饭哪里能够填饱肚皮，特别是冬天，每到最后一节课，饿得头昏脑胀，根本没有心思听讲。其他同学有闲钱买面包、方便面等食物，可我不行，我只能拼命刮点饭盒上的遗留小小饭团或零散的饭粒增加热能。

可长鼻子刮饭婆手脚更麻利，她虽然头发泛白，弓着腰，可拿起她那铁锹似的饭铲，瞬间就能把饭盒扫荡得饭粒全无。我憎恨学校，怎么能允许她们进来？可学校没有围墙，一到学生开饭时间，附近村上的那些年老妇女就挤进教室。等我们分完饭，把饭盒甩到一边后，她们马上

端起大饭盒，拼命刮擦粘在盒底及盒壁的饭团、饭粒。我知道她们是拾掇那些浪费的米饭，也知道她们把刮下的米饭去喂牲口。

其他人能容忍，可我不行，我需要这些看似浪费的饭团或米粒。

这群老妇女仿佛有分工。长鼻子刮饭婆长期驻扎在我们教室。我服了她身手还如此敏捷，几分钟时间就把班里十来个铝皮大饭盒扫荡得精光。

那次，刚下过冬雨，风冷飕飕的。他们竟然忘了下我的份子米，看来今天一定要保住饭盒的遗留饭粒。等他们分好饭，我死死把饭盒捏到手里。长鼻子刮饭婆扫荡时发现我异常的举动。她想用蛮力抢夺过去。我和她各持一端，势均力敌。可我一个趔趄，跌在地上。她也没有幸免，摔了一鼻子灰，一瘸一拐地离开。

她有一段时间没有出现了。少了她，我也可以保住饭盒了。我感觉没有长鼻子刮饭婆的日子真是甜蜜。

但这种甜蜜却是短暂的。

早春，雨丝横飞。母亲修剪梨枝时，从湿滑的树干坠落，折了几根肋骨。母亲的坠落也打折了我再读书的一切企图。

我辍学了。我哭了一场，秋雨般呜咽。

数天后，班主任找到我，说一位好心人养猪户捐助学校的贫困生，我正符合标准。问是谁，他摇摇头。

初中生活短暂似昙花，两次雨季一过，我就以优异的成绩考上了县中。

大学毕业后，我商海扬帆，成了成功的楷模。母校热情邀请我回去做励志报告。

踏回阔别多年的初中校园，我感到少许感伤。

报告后，正值午餐时间，我说想去曾经的教室看看。教室里依旧是一排排铝制大饭盒。在嘈杂的学生中间，我竟然发现了长鼻子刮饭婆。她苍老了，刮饭的动作也笨拙，但我有一种心灵的悸动。

这时，原来的班主任悄悄附在我耳边说，还记得你初中时的捐助人吗？我摇头。班主任说是她，她用刮饭的方式饲养了多条猪。我忽然想去和她握手，但我发现自己的双手如割。

　　长鼻子刮饭婆用呆滞的目光瞟了我这个陌生的来客一眼，一瘸一拐，朝另一个饭盒移去……

　　窗外灿烂的阳光下，可我眼前下着迷离的细雨。

铁币黑硬币白

　　掌柜开始是不瞎的，只是前几年得了糖尿病，眼睛才慢慢变瞎。掌柜在我们村口开了一片小卖部，售些日用百货。

　　现在开小店的都兴叫老板，可掌柜不知是谁开始叫的，现在村里还是叫他掌柜，特别是村里人看到掌柜长年穿一件青布长衫，与旧社会的掌柜很像，也就没有人改口叫他老板。掌柜的商店很小，房间里只能摆放一个简易的柜台，一张油腻的办公桌和一张单人床。

　　掌柜已经 70 多岁，据说很久以前就在村里开店了。掌柜不是我们村里人，但我们生活中却离不开他。村里人对掌柜有一点很不满意，太精明。在他店里几乎没有人能得他的便宜，称不会少你的，但也不会多哪怕一点点给你，什么事情都做到纤细不漏，想占他便宜的人总是在他称秤时骂骂咧咧，但转眼一想，比起那些缺斤少两的，掌柜还不赖。

　　村里玩的地方太少，孩子们喜欢去掌柜的店里玩，因为掌柜的店里有很多诱惑人的糖果和新奇的玩意儿。有钱的时候，孩子们买上自己喜欢的东西，但这群孩子没钱的时候特别长久，只有到了新年，他们才会从大人手里得到少得可怜的压岁钱。没钱的孩子平时喜欢围着柜台转，有时转得口水扯线才罢休。

　　掌柜的眼睛是两年前开始模模糊糊的，开始是看不清称上的刻度，后来看商品都模模糊糊了，人影也开始影影绰绰。大伙开始都没有在意，但掌柜多次拿错他们要的东西，大伙愤怒后才知道掌柜的眼睛可能出了问题。

　　掌柜的眼睛出了问题后，小店依然是他打理，只是外出进货改由他的小儿子去。掌柜的家离我们村有点路，印象中，掌柜好像从来没有回过家，过年过节也都在店里，他的家人我们也很少见过。

掌柜眼瞎后，村里人去买东西，掌柜只是端坐在办公桌后，让他们自己拿东西后付钱就是了。村里人也不会耍滑头，拿什么货给多少钱。

村里那伙小孩依然喜欢在掌柜的柜台边围看。有天，一个孩子用一枚沉甸甸的黑硬币买了一颗奶糖，孩子们都惊讶万分。

后来，那群孩子经常用沉甸甸的黑硬币来买他们喜欢吃的糖果。掌柜接过钱之后，就把他们放在办公桌的钱盒里。

有一天，我也鼓起勇气拿了一枚黑硬币去掌柜这里买了我梦寐已久的奶糖，在掌柜接过钱的刹那，我一阵寒战。我忽然想起了掌柜夸耀我的一件往事。还是那年春节时，掌柜在写他店门口的对联，当时掌柜写了一句：生意日日好。可后半句迟迟憋不出来，掌柜把头探出柜台，说考考我们谁能说出下半句，说得好的奖励一颗大白兔奶糖。小伙伴们想了半天，没有一句是掌柜喜欢的。站在最外面的我突然蹦出一句：财富岁岁长。掌柜惊讶地打量这群孩子中最小的我，啧啧地竖起了大拇指，并给了我一包大白兔奶糖，而不是一粒。以后他逢人就说，富根家的二小子以后肯定是个人才，我听后羞愧得不行。

我看到掌柜把钱放在掌心，犹豫了片刻，叹息一声，黑硬币被扔进了钱盒。我的心仍然忐忑不安。

村里的孩子这段时间似乎特别富有，隔三差五就来掌柜的店里买零食吃。

不久后的一天，掌柜在一个夜里没有醒来。他的家人来操弄后事。当他家人把掌柜的钱盒打开，人们竟然发现里面摆放着数叠厚厚的游戏机铁币，这些铁币乌黑乌黑。乌黑铁币远远超过旁边那叠为数不多的几枚雪白的硬币。

看到码得整整齐齐的铁币，孩子们作鸟兽散，一溜烟跑了。村人明白了什么，都去追打自己的孩子。

而我却抚摸着掌柜摸了几十年的柜台，任母亲狠狠拍打我的屁股，久久不肯跑开。

 # 等　候

那天天气极冷，天气预报说，这是本市近 10 年来冬天里最冷的一天。那天，我却要奉命去南方出差。

一到火车站，发现出外旅行的人很少，只有零星的几位。由于乘坐的是本站起点的车，我很早就上车找到自己的座位，整顿好行李后，就随意地翻阅当天的报纸来打发时间。过了一会儿，人陆续地上来了，坐在我对面的是一位 60 来岁的大妈。大妈有大包小包四五个，是由她的丈夫护着上来的。

这时，离开车时间很近了，乘务员要求送亲友的同志赶紧下车。大伯交待了大妈要注意车上安全，到了儿子家要马上打电话回来后，就快步走下车厢。下车后，大伯并没有马上离开，而是像其他送亲友的一样，站在窗口，等火车离开。

全车厢的人正期待火车正点离开。可这时，车厢里的广播忽然响了，说什么前方有列车晚点，这列火车也不得不晚点，具体开车时间等广播通知。广播响后，车厢里开始骚动起来，有埋怨的，有诅咒的，乘客都在骂骂咧咧的愤慨中。

听到广播后，大妈对站在车窗外的大伯说："火车晚点了，天冷，你还是回去吧"。大伯说："还行，再等等吧"。并又一次告诫大妈要注意车上安全和到了儿子家要马上打电话回来。

时间过得很慢，每个人的心情也很烦，但车子就是不开。车厢里埋怨声，骂声更刺耳了，有人甚至找乘务员理论，要求退票。但这些都无济于事，火车还是纹丝不动。

我望向窗外，或许是天冷的原因吧，发现送亲友的人差不多都离开了，只有几位为女朋友送行的小伙子和那位白须飘飘的大伯。大妈不断地催他快点回去，大伯依旧是说："再等等吧。"

　　数阵寒风过后，天空开始飘雪了，雪花纷纷扬扬从阴霾的天空洒落，洒落在屋顶上，车厢上，地上……当然还有那位伫立着的大伯身上。凛冽的寒风也从窗户的缝隙里往外车厢里钻，我不停地打着寒颤，赶紧从包里取出一件外套加在身上。

　　或许是真的不知道什么时候开车的缘故，这时，连车站的工作人员也纷纷躲到站里去了。那几位送女朋友的小伙子也不知什么时候离开了。窗外，只剩那位白须飘飘的大伯，孤零零地伫立着。

　　看着不断飘落在大伯身上的雪花，大妈愤怒了："你想在这里冻死啊！老不死的，还不赶快滚回去，我要你在这里等个鬼啊！"在大妈的骂声中，大伯这才悻悻离开。这时，窗外真的是空无一人了。

　　火车终究是要开的，在晚点近两个小时后，喘着粗气，火车迎着飞舞的雪花终于前进了。

　　在火车即将驶离月台的一刹那，我忽然发现一个熟悉不过的身影：那位大伯，站在月台的另一头，依旧笔直地伫立着，像座雕像，目送着火车缓缓加速向前方驶去，飞舞的雪花早已掩埋了他的全身……

 # 校长家的狗

"校长家的狗……"

"不！是校长家的狼狗！"我还没有说完，办公室里一位同事就狠狠地纠正道。

嗨，这是我第 N 次被同事纠正错误了。校长家的狗的确是"狼狗"，不是什么狗。

上次学校整顿校园环境，由于学校狗猫成群，严重影响校容校貌，还有学校接二连三有学生被狗咬伤，家长对狗患成灾意见都很大，也多次要求学校解决校园内狗咬人的问题。

对狗咬人这种现象，学校召开了好几次教职工会议，大家对这个问题都很一致：为了教师和学生的安全，学校不得养狗，学校里教职工家里有狗的自己处理掉，外面来的狗一律捕杀。

为此，学校专门成立了打狗队，管政教的副校长为组长。经过一周的综合整治，狗咬人的问题终于解决了，学校里再也看不到狗的身影了。

有一天，不知谁送了一只叫"乖乖"的狼狗给校长。这狼狗可高大，脊背上的黑毛油亮亮的，活像闪光的缎子。两侧的毛则根根竖起。它两耳宽大，双目圆铮，四肢矫健，动作也敏捷，其他的狗远远地看到它就会拼命躲。校长走到哪里，这"乖乖"也鞍前马后地跟到哪里，连开会、上课时也不例外。看到跟在校长身边的狼狗，学校老师会拼命地给"乖乖"喂上最好吃的食物。

现在问题又来了，校长这只狼狗是不是捕杀的对象？这时，连打狗队组长，管政教的副校长也一时为难了。为此学校专门开了一个会议，

讨论"狼狗是不是狗"这一问题。

许多老师认为狼狗不是狗，狼狗虽然带有一个狗字，但更多是狼的特性，不应该是狗。

一位生物老师先站起来：从达尔文生物进化论的观点来看，狼狗不是狗，狼狗是狼和狗共同进化的……

生物老师还没有讲完，一位政治老师就"呼"地站起来说：狼狗来源于狗，不错，但它又高于狗，就像"人"来源动物又高于动物一样，能够简单地说人是动物？要说也应该说人是"高级动物"啊！

有位女老师更是吃着东西，娇滴滴地说，你们看，人家"乖乖"多聪明！多可爱！你们在哪里看到过这样聪明可爱的狗？边说还边不断地把手里正吃着的苹果喂向"乖乖"……

最后在"狼狗是不是狗"的问题上，以老师一致意见——狼狗不是狗——而告终。既然狼狗不是狗，校长家的狼狗就可以在校园内自由出没了。

不久，校长由于种种缘故内退了，但他还住在学校。内退不到一个星期，校长的狼狗"乖乖"就被人打死后放在他家门口。一查，竟然是学校打狗队干的！

为此，老校长恼羞成怒，急忙找到新来的校长讨个说法。他当面质问新来的校长：学校不是讨论过，狼狗不是狗吗，怎么我家"乖乖"还是被打狗队打死了？

新校长说，根据很多老师的意见，我们昨天又举行了会议。

又举行了会议？

对！在会议上，没有一个老师不认为：狼狗就是"狗"！

食堂里的狗

单位食堂里有很多狗，既有本单位领导职工的，也有外面跑进来的，本来说要弄死这些狗。但单位领导说它们并不碍事，还可以把食堂里的一些剩菜剩饭及时吃掉，对减少一些苍蝇蚊子有益处。

因此狗就可以大摇大摆地自由进出我们食堂。

我们食堂有两间：一间是贵宾室，主要是招待来单位考察的上级领导；一间普通室，是我们单位职工的就餐室。贵宾室的装潢像星级饭店一样豪华，而我们普通室简朴得跟学生的食堂差不多。

由于实行开放政策，来食堂里的狗较多，但这些狗都是一些普通的狗。不知哪一天，食堂来了一只与众不同的狗。这只狗不像是本地狗，强悍异常，其他的狗看到它就会拼命地躲。它很像电视里看到的德国狼狗，因此我们都管它叫"德国犬"。

德国犬很凶悍，但它并不会因为自己的强壮欺负其他的狗。德国犬来到食堂的第一天就巡视了一番，最后往贵宾室里钻。德国犬都是在贵宾室里活动，从不进我们普通间。而其他的狗也只呆在我们普通间不敢去贵宾室。有时，贵宾室没剩菜剩饭，德国犬情愿饿着也不会来我们普通间。因此到了开饭时间，它们就相安无事地往各自的房间钻。

我们单位是个大单位，来单位检查、考察、学习、交流的人多，因此贵宾室几乎每天都饭菜满钵，香气四溢。德国犬在贵宾室也越来越强健。而我们普通室天天都是一些清汤寡水的萝卜白菜，本地狗能填满肚子就不错了。

后来，由于我们单位效益下滑，为了减少开支，单位进行了改革。

改革的重点就是减少招待费。规定单位来客人不再大肆操办。单位招待客人也在食堂里像职工一样买快餐，由单位提供餐券。

　　这样下来，贵宾室就不再肉红酒绿了，但德国犬还是能填饱肚子。后来进去的人少了，德国犬的食物也一天一天减少。有时，即使普通间那些本地狗吃得剩下了很多很多，德国犬也不会跨进普通室半步。它还在坚守着它的贵宾室。有几个好事的同事看着它由于饥饿一天天消瘦下去，在普通间投一些骨头到贵宾室去。它竟然连理都不理，眼睛里透露出不屑的神色。

　　最后，因为单位里再也没人去贵宾室就餐，贵宾室的门也就锁上了。自从贵宾室门锁上以后，我们再也没有看见过德国犬了。每天吃饭时看到那些本地狗，我们就会想起强健凶悍的德国犬。

　　半个月后，单位有人说，在街道上看见过德国犬，它瘦得只剩下皮包骨头了。再后来就入冬了，有同事说在一个水沟旁又看到过德国犬，不过它已经死去，再也看不出它曾经的强健凶悍，天空飘落的雪花也不断在它身旁飞舞。

畏惧的门

强子让我头疼有一段时间了。这孩子不是和人打架，就是晚自习时溜到网吧去上网。把强子叫到办公室教育了几次，但效果很不明显，教育后没过几天，依然如故。看来和强子家里联系进行家校共同教育已是迫不得已了。

我们是所乡村初中，孩子都来自山区，平时孩子都住校，周末才回家。由于学校离孩子们的村庄有些距离，家长很少来学校和老师共同沟通教育孩子，老师也是在被迫无奈的时候才会通知家长来学校。

办公室的同事一听我要通知强子的父亲来学校，他们就皱起了眉头。几个女老师赶紧说，刘老师你还是算了吧，难道你还没有听说过强子爸是个怎样的人？

虽然我是去年刚调到这所学校的，但对强子爸还是有所耳闻。据说，强子爸是个杀猪的屠夫，蛮横粗野，在村里乡里都是出了名的霸道人。他一和别人发生口角，轻则破口大骂，重则操起屠刀把人追得满街跑。连劝架的邻居都被他骂得噤若寒蝉。为此，强子5岁那年，强子妈就和一个外乡男人跑了。

一个同事还给我说道，有一回，税务人员来他家收取某种税费，与强子爸发生口角，他不顾人家是穿制服的人，抄起屠刀硬是把人家追到稻田，弄得人家全身污泥才罢休。

知道了强子爸的为人后，我也很矛盾。通知？还是不通知？通知，按几个老师的说法是强子爸肯定会蛮不讲理，携带屠刀来学校闹个鸡犬不宁。可不通知，对强子的教育又不彻底。

想到教育强子关系到强子的健康成长，关系到一个乡村学生的未来。我最终还是决定冒险通知强子爸来学校一趟。

通知强子爸后，说实在的，我心里也忐忑不安，因为我从来没有面对这样家长的经验。

一个雨后的下午，我在班里上课，此时雨虽然停了，但风依然吹得湿辘辘的树叶沙沙响。忽然，有轻微的敲门声，我以为是风吹门动的声音。轻微的声音响了数次后，我终于把门打开，一个胡须满脸的中年汉子站在门口。同学都发出了哦的惊叫声，教室里也像忽然刮了一阵旋风，把学生的身子吹得向后仰。

我也就知道了这人就是强子爸。我有点紧张地说对不起，没有听到你敲门的声音。强子爸赶紧说，老师你不要说对不起，我还怕影响你上课，特意轻轻地敲门呢。

我把强子爸领到办公室，几位在备课的女教师借故离开。几个男教师则放下手里的活，双手紧握拳头。

强子爸习惯性从上衣口袋掏出一包烟，准备朝我递烟，烟是包没有开启的中档烟，但他一看到墙壁上禁止吸烟的告示，立即把烟放回口袋，说，不好意思，我不知道学校不能吸烟。

这时，我重新打量强子爸，头发竖立似荆棘，刚洗过，还隐隐约约发出洗发水的香味，一身西服虽然有点陈旧，但洗刷得挺干净、笔挺，最让我惊奇的是他竟然穿上了皮鞋，而且是双过时的大头皮鞋。

强子爸诚恳的态度出乎我意料。他一开始就向我道歉，说肯定是强子在学校犯事了，要不老师是不会通知家长来学校的。他说他要把强子这兔崽子带回去好好教训一顿。我把强子的事和他说了。他听后竟然紧握我的双手，嘴里不断地说，刘老师，真的感谢你。强子爸说强子这孩子的恶习他也了解，可以前的老师从来没有叫他来学校过。强子上学8年来，我是第一位叫他来学校的老师。他说真的感谢我对强子的关心。此时，我竟然发现强子爸眼眶里残留了秋天的雨。

想不到这就是强子爸。先前和我一样紧张的男同事这才舒了一口气。我也才想起给强子爸沏一杯茶。

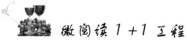

　　强子的事很快沟通好了，强子爸也要离开了。看着强子爸离开时飞舞的皮鞋我竟然很感动。我也忽然想起了强子爸轻轻的敲门声，那肯定是对门的一种畏惧。

　　他畏惧门。其实是他对一扇知识之门的敬畏。从强子爸身上我明白了：不管一位父亲的外表是多么的粗野、强势，但在内心深处，也有一颗对知识大门畏惧的心。

土坯墙上蝴蝶飞

那年，她大学毕业。他对她说，只要你和我好，我爸可以把你分到城里。她拒绝了。学校把她分配在一个叫秧溪的山村小学。她先坐车到县城，接着转车到秧溪。不远的地方，她前后坐了整整七个小时。

一路上黄尘滚滚，她清秀的脸庞上蒙了厚厚一层土灰。车是到秧溪小学门口停的。正值课间休息，一群孩子朝她涌来。她本能地用手理了理头发。一路的颠簸，她新盘的耸立式发型完全崩塌。

孩子们很快就帮她把行李搬到了房间门口。门是木板门，锁眼早就坏死，只是用一根草绳拴在门框上，像拴一条桀骜不驯的牛。

校长歉意地对她说，这是我们学校最好的房间，委屈你了。她的眼泪几乎要流出来。可一看旁边一溜儿的房间，不是窗户歪扭就是门板脱落，在窗户和门板上，歪歪扭扭钉满了很多支撑的细木棒。

很快，她就投入到教学之中。学校安排她上三年级，这个学校也只有三个年级。校长说，三年级的孩子大些，也懂事些。

新来的老师，总会让人生出耳目一新的感觉，加上她是科班出身，她教得游刃有余。孩子们非常喜欢她。不出几天，她就和孩子们打成一片，惹得一二年级的孩子艳羡不已。

学校附近有一座小山，每到闲暇，她都会爬到山顶去眺望。她也不知道自己要眺望什么。反正她喜欢去，一坐就是老半天。

一晃，元旦就要到了。她告诉学生，城里的学校元旦都会开晚会，我们也布置一下教室准备开晚会。孩子们雀跃、欢呼。她认为乡间的蝴蝶最美，于是她教学生折蝴蝶。很快，孩子们都折好了自己的蝴蝶，每只蝴蝶都灵动得像孩子自己。她要孩子们把自己的名字写上去，并且要孩子们把自己的蝴蝶黏到墙壁上。她认为，在蝴蝶飞舞的教室开晚会才有情调。

孩子很沮丧，土坯墙根本就黏不住蝴蝶。他们一次又一次把蝴蝶黏上去，可凹凸不平的土坯墙总是拒绝孩子们满腔的热情。孩子跑到家里拿来了饭粒、米汤，甚至万能胶水，可清风一吹，蝴蝶就随着土灰簌簌脱落。

看到满地陨落的蝴蝶，她很伤心。她骂了孩子们一句："你们乡下的孩子真没有用！"这是她第一次骂孩子。

看到老师生气，男孩垂下了头，女孩躲在墙角抹泪。

她跑到房间，大哭了一场。哭完后她向校长请假，说是去城里过元旦。

一个星期后，她回来了。她哼着小曲径直回房间收拾东西。校长说，你还是去和孩子们告别一下吧，孩子在等你呢。她心头一硬，摇了摇头。

多年后的一个春天，市里开展"骨干教师"送教下乡活动，她是其中的一员。那天，她们一行来到秧溪小学。旧地重游，她有记忆但不深刻。校长已经退休了，学生也换新的了，其它的都是老样子。她执教三年级的一节课，她回到曾经的教室。

阴天，教室很黯淡。可她的课像吸铁石，黏住了每个孩子。

忽然，天开云散，清风徐徐。土坯墙上竟然有蝴蝶哗哗翻飞的声音。她一怔，语噎。那节课的后半部分她不知道自己是怎样上完的。铃声一响，她奔到土坯墙边，端详每一只飞舞的蝴蝶：蝴蝶有些是用长长的钉子钉进去的；有些是四五层胶带缚上去的；有些是用线牢牢拴在凸起石块上的；有些是缚在铁丝上，铁丝卡进缝隙里……所有能黏住蝴蝶的办法似乎都用上了。

每只蝴蝶身上都有一个她似曾相识的名字。她轻轻抚摸这些蝴蝶。这些蝴蝶虽然蒙上了厚厚的土灰，陈旧不堪，但翅膀依然能随风翩跹。

蝴蝶在春风中飞翔。她的泪如纷飞的蝶。

打嗝的男孩

老师正在兴头，坐在最前面的一个男孩突然打起了嗝，嗝声忽隐忽现。老师想忍住，可嗝声一次次打断他精彩的讲叙。老师愤怒了，骂了一句："嗝什么嗝，滚到门外去。"

男孩垂着头，拿着皱褶不堪的书本胆怯地朝门口走去。

起风了，寒风从学校旁边的树林里吹来，男孩竖起了衣领，可风像惊慌失措的老鼠直往领口、袖口里闯。男孩期待着这节课能早些上完，这样的话，他就可以回到还算温暖的教室里。

时间和蜗牛在比赛，真慢。老师依旧神采奕奕地讲课，动听的声音从门缝里透出，可男孩却没有听进去任何一句。

课终于下了，可男孩的嗝还是不断响起。男孩忘记带水来学校。他本来想向同学借点喝，可他还没有靠近同学，同学就夸张地蒙起鼻子说臭死啦，滚开。有同学嘲笑他，就你这邋遢像，谁肯借水给你？

男孩认真打量了一下自己，头发蓬松杂乱，脸色乌黑，胸口还有口水的痕迹，衣服的袖口上也有揩拭过鼻涕的印子。

人人都说男孩是班里出了名的脏孩子，脏得没有人愿意和他玩。每天在课后，男孩总是孤零零地往学校旁边的林子里跑，似乎只有林子的鸟儿才是他的伙伴。

嗝还是不停，男孩想，下一节课是数学课。数学老师是他们的班主任，一个粗暴的老头。老头对男孩很不友好，在老头眼里男孩似乎可有可无，只有在大扫除的时候，老头才会想起他的存在。上老头的课打嗝男孩知道会有什么样的下场。男孩决定逃课。男孩以前逃过几次课，老头只是质问过一次，男孩说了一个轻描淡写的理由，老头就没有追问了。

男孩也知道逃课不好，但他更怕老头责怪他的嗝声。男孩记得有一次，他上课时玩了一面镜子，老头把他叫到房间，一左一右给了他两记耳光。有时男孩上课说上几句闲话，老头就瞪着眼对男孩说，你还是去外面玩去吧，省得影响别人。男孩知道，老头眼里没有他。

男孩决定再次逃课。他跑到林子里。寒风萧瑟，树叶簌簌下落，除了几只山雀，其他的鸟儿没有了踪影。男孩爬到一棵弯了背的槐树上。他本来想睡一觉，可天气实在太冷。他只好在树上胡思乱想。他想起父母。父母到沿海打工去了，好几年没有见到他们。父母把自己丢给寡居的外婆。外婆是个慵懒的老太婆，对自己爱理不理，衣服也不帮他洗换……

铃声响了。老头的课也下了。男孩想到了第三节课是新来的一位实习老师的课。实习老师很友好，包括对满脸墨黑的他。男孩想到了昨天实习老师问了自己一个问题，他虽然支支吾吾地回答了一半，老师还是表扬了他。

虽然嗝声不时响起，男孩觉得要去上实习老师的课。

在课上，男孩强忍住喉咙里的嗝，可嗝像一只蒙不住嘴的蝉，时不时迸出几声。第一次，第二次老师听到嗝声都顿一下，向他投来征求的眼光。男孩垂头无语。第三次嗝声再次响起，男孩本想忍，可他真的忍不住。他很沮丧，他不应该来影响老师上课。但……

老师丢下手中的课本，匆匆跑出教室。同学议论纷纷指责男孩的嗝声。男孩想，老师肯定是去叫班主任去了，因为在班里一出事，任课老师总是喜欢叫班主任来处理。

男孩后悔来上这节课。

可只有实习老师一个人来了。他手里拿着一个锃亮的不锈钢水杯。男孩知道，这是实习老师自己的水杯，也是这所学校男孩看到的最崭新的水杯。

老师把水杯放在男孩的桌上，示意男孩喝几口。男孩看着自己乌黑的全身，再看着老师崭新的水杯。男孩竟然没有勇气去接这水杯。男孩突然蹿出教室，捧着脸着朝林子里跑去。跑到林子，男孩哭泣了起来，哭声把在槐树上休憩的山雀都惊醒了。男孩用拳头狠狠砸开了脚下的一团冰，拼命地擦洗自己的脸。

多年过去了，长大后男孩也成了一名教师。有人评价这位老师，说他把每个孩子都当作自己心中的至爱。面对别人的评价，这位老师只是淡淡一笑，笑得像林子里的一只山雀。

# 群山深处的歌声

从小就没有打算要当老师，特别是自己的父亲辛辛苦苦当了大半辈子的教师，竟然连套新房都买不起。

可命运却给他开了一个玩笑，他考上的是师范学校。一进师范学校就意味着毕业后就只能去当教师。为了改变我不当教师的愿望，踏进学校第一天，他就告诫自己：用自己最大的努力改变毕业后当教师的既定轨迹。

由于他的文笔还可以，他便选择写文章来突围。功夫不负有心人，三年下来，他在全国各地大大小小的报刊发表了文章 500 余篇，还担任过 8 家报纸、杂志的特约记者。因此，还没毕业，一家报社就和他签好了协议：一毕业就直接去报社上班。

所以对毕业前学校组织的教育实习，他就有点不屑一顾了，要不是为了那可恨的 8 个学分，凑足了好毕业，他会断然拒绝参加什么教育实习的。

学校分配他实习的地方是一个叫枣花的小镇。虽然是说镇，但还不如市里一条偏僻的小巷，只有几间萧条的店铺和一些零零散散的地摊。而他实习的那所小学离镇上还有近 20 公里，从镇里去还要走上 3 个多小时的蜿蜒山路。

一到学校，他才发现这哪里是学校？分明就是一个破庙。三间破旧的木制结构房子里窝了 1 到 3 年级三个班，一百来名学生。学校教师有 3 位，但都是上了年纪的本地人。除了校长，其他两位是请来的代课教师。这里的条件实在太差，除了群山还是群山。他暗自庆幸：还好只是呆一

个月，要是呆久了会疯掉。

他教的是二年级语文兼班主任，二年级有 32 个学生。教室是四面透风，一下起雨，课几乎无法上，冬天凛冽的寒风如狼吼，木板是挡不住的，这些都不可怕。最可怕的是学生那黑呼呼的脸，像一生下来就没有洗过似的。第一感觉就是脏。因此，他上课时尽量不和他们近距离接触。

由于他是语文教育科班出身，虽然不是全身心的投入，但上起课来，学生还是被他生动地讲课所陶醉。

一次下课后，他忘记了把茶杯端回办公室。班长小芬忽然跑到办公室对他说："二狗拿你的茶杯在玩！"

他跑到教室，脏兮兮的二狗真的拿着他的茶杯在学他喝茶的模样，而且二狗的嘴唇竟然接触到了杯沿。二狗一见到他，吓得手脚无措。茶杯从他颤抖的手里"咣当"一声摔在地上，虽然没有摔破，但茶杯已是凹凸不平、漆迹斑驳。他没有多想，过去就给了二狗一个巴掌，并对全班同学发出警告："以后谁也不准碰我的东西！"

每逢周末，本地那几位老师都回家了。而他的家远在千里之外，所以只能呆在学校里。平时喧闹的学校到了周末是那么地冷清，寂寞像一条冰冷的蛇，在思想的空暇里乱闯。为了驱赶寂寞的"冷蛇"，他反反复复地唱他最喜欢的《橄榄树》这首歌。"不要问我从哪里来，我的故乡在远方，为什么流浪，流浪远方……"那优美的旋律总能帮他把寂寥打发掉。学生们也因此知道了他最喜欢这首叫《橄榄树》的歌。

学校是除了语文就是数学，像音乐这样的副科是不开设的。有几次，几个女孩子要他教她们唱《橄榄树》这首歌。他想：给你们上好语文课就不错了，哪里还有这份心情与雅兴教你们唱歌？而且学校连个录音机都找不到，怎么教？

但几个记性好的女孩子还是从他平时的吟唱中，学会了一些旋律。接下来的好些天，那时还是深冬，天寒地冻，每天八点早读前，都可以看到他们班一队队的学生往学校附近的树林子里跑。

虽然漫长，但一个月的实习生活还是结束了。他选择在上课的时间离开，原因就是不想让他的学生们看见。

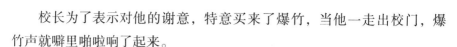

校长为了表示对他的谢意，特意买来了爆竹，当他一走出校门，爆竹声就噼里啪啦响了起来。

一个谁也没有想到的情形出现了：他教的二年级32个同学全部冲出教室，以百米冲刺的速度朝他奔来。他们死死地拖住他的行李，不断地问：老师，你还会回来吗？老师，你还会回来吗？有几个女生还大声地哭起来了。二狗和几个男生更是拖住了他的行李包，用稚嫩的双手帮他扛包。他好像看到他们还拼命往里面塞什么东西似的。

经过校长和原来班主任的劝解，学生们总算放开了他的行李。他还没有走出百步，一曲动人的旋律在他身后响了起来：不要问我从哪里来，我的故乡在远方，为什么流浪，流浪远方……

他猛然回头，只见他们齐刷刷地站成一排。班长小芬站在最前面，挥舞着双手，32张嘴巴向着他大声歌唱。虽然他们唱得音调高低不分，吐字模模糊糊，但这却是他听到的最美的音乐。

歌声响彻了整个校园，久久地在群山间回荡着。他的眼泪再也忍不住掉了下来。他也从来没有感觉到自己的脚步是如此地沉重……

他这才想起来学生们这么早往林子里跑的原因：是一直在排练这首他最爱听的歌。在回城的车上，他打开行李，一只崭新的瓷器茶杯静静地躺在他行李包里，闪闪发亮。

回到学校后，他毅然毁掉了和报社签订的那份珍贵协议，并重新选择作了一名教师，不为别的，只为了那响彻群山深处、久久回荡的歌声！

# 有多少爱可以重来

与小晴的隔膜源自新学期报到那天。

她是跟着一位长辫子妇女来的。一见面，那妇女就冷生生一句："我女儿不住校，不应该交柴火费。"我当时一愣，学校不是规定：不论住校与否，都得先交清所有费用，再根据学生的具体情况多退少补。

我向她解释，谁知她还没听完，就牵着躲在后面的女儿说："走，我们找校长去！"抛给我一脸的愤怒。

在差不多所有学生都缴完费的时候，小晴又来了。这次随她来的是一个略带疲惫的中年男子：微黑的脸，杂乱的胡茬。他把钱甩给我，一声不吭地走了。小晴躲在他后面，眼睛不停地转过来朝我望。

我以为这事就这样完了，伸了伸懒腰，如释重负地把钱交到了财务室。刚迈出财务室的门槛，小晴他爸就大声嚷着朝我走来。他说的是方言，对外地的我而言犹如天外之音，但我肯定他说的是缴费的问题。

没办法，我只能在他嚷叫的同时大声地说：这是学校的规定，不是我要你的钱！我也没办法，你去找校长说！但他还是不停地朝我唠叨。幸亏一位老师及时出现，对他说了几句本地话后，事情结束了。

但我的情绪并没有因为这件事的结束而结束。回到房间，我越想越不是滋味，开学第一天，就碰到这样倒霉的事，愈想也就愈感到怒火难息。

在上课不到几天的时间里，学校便把多交柴火费的钱退给了学生，当然包括小晴。但我对小晴家人的怒气以及对小晴的隔膜并没有消退，一看到小晴，一种隐隐约约的东西便油然而生。

在班里，应该说小晴是一个可爱的女孩，清秀的脸上镶嵌着两只大大的眼睛，也有一张能说会道的嘴，特别是她在任何时候都不会吝啬她爽朗的"咯咯"的笑声。于是，她很快就与班里的新同学打成了一片，在班干部民主选举中，她的选票远远超过其他同学。但班干部的任命大权在我手中，加上开学那件事的阴影，她并没有如愿当上班干部。

满脸惊愕的同学以及一脸疑惑的她，只能无奈地接受这个现实。但小晴并没有消沉，每天依然保持着天真的笑脸，也依然能在很远的地方听到她爽朗的笑声。

事情就出在校运会一次团体操比赛中。赛前，学生们经过了严格的训练，我也确信我们班绝对有实力进入前三名。可是，在体操进行到最高潮——最能体现节奏、精神状态的跳跃运动时，高高跳起的小晴却重重地摔倒在了地上。这一摔，引来了别班同学特别是评委的讪笑，我这个班主任也感到羞愧不已，比赛结果可想而知。

没等比赛项目结束，我就迫不及待地对小晴发了火。这是我登上讲台以来最火爆的一次，我后来想，我这样对她并不是因为她那次无意的摔倒。

从此，我对小晴越来越冷淡，平时见面也装着没看见，就连上课时，我也极力回避与她的眼神相接。体操事件后，小晴也像变了另外一个人似地，郁郁寡欢，教室里再也没有她爽朗的笑声了，眸子中仿佛重现了开学初缴费时躲在背后的那种眼神。

一个学期结束了，新的学期又来了，但我没有等到小晴的出现。我有一种不祥的预感，这种预感很快就被学生们的议论证实：春节过后，小晴就和村里的一些毕了业的女孩子出去打工了，任凭家人苦苦劝求，她义无返顾地背起了行囊。小晴没对任何人说之所以这样绝决的理由。

少了小晴，班级还是照常运转，但从同学们的眼神中，我分明看到了一种对小晴的怀恋。一个春天的午后，我沐浴在夕阳的余晖中，惬意地品尝着太阳留给大地最后的温暖。学习委员来了，轻轻地说："小晴给我来信了。"

信上说，她很怀念在学校的生活，也怀念所有的老师和同学，"她还说要向老师您道歉，却一直没有机会……"

我的惬意被猛然打断，顿时陷入到一种异样的情绪中，我仿佛又看到了小晴那双充满渴求的眼睛……在后来的日子里，我得知小晴家里很穷，而且是由后妈抚养长大……一种难以言明的愧疚从此一直追随着我。多次，我想到她打工的地方去找到小晴，对她说声"对不起"，并请她回来继续读书，但对于已在外辛苦工作的她，家庭并不富裕的她，一句姗姗来迟的道歉，除了减轻我自己的内疚又能换回些什么呢？

即使小晴能够回来，失去的那份爱，又有多少可以重来？

# 毕业晚会

一个大大的"静"字亮堂地张贴在教室黑板的正上方。黑板左上角悬挂着一块森严的"高考倒计时"牌匾，日子随着上面每日涂改的数字逐渐流失。教室里黑压压的，桌子上摆放的复习资料犹如万里长城的城墙般坚固。在城墙的垛口里隐隐约约能探到一个个瘦削的脑袋。厚重的眼镜片压得学生的鼻梁坠坠欲塌。

课间，作为班主任的我照例去教室巡视一圈。教室里悄无声息，每个同学都把头深深埋在自己城墙的垛口下。在憋闷的桌椅间，他们挥汗如雨。一年一度的硝烟战争仿佛一触即发。

陡然间，我发现倒计时牌上的数字已经只剩个位数了。按照学校的惯例，在这几天里，每个班级都要举行一场"毕业晚会"：一是为了调节考前紧张的气氛，二是为了加强同学之间的情谊。毕竟马上要毕业了，同学三载，毕业后各奔东西，以后很难有相聚的日子了。

午餐时，我和班委商量如何办好这次晚会。为了尽量不影响复习时间，我提议节目还是随意些，愿意表演什么就表演什么，不强求节目内容的丰富性和形式的多样性，什么相声、小品、舞蹈之类能上就上，不能上就免，只要大家尽兴了就 OK。

第三天，晚会就要举行了。班委把教室布置了一番，挂上了一些彩纸和灯笼。教室一打扮，还真有点晚会的氛围了。

我和所有任课老师都被邀请参加。一进教室，同学们拼命鼓掌，课桌上也摆上了各式食品和饮料。我们教师安插在同学们之间。

晚会由班长和文艺委员主持。在迪士高的喧嚣声中，晚会拉开了帷

幕。主持人首先致开场白，接着就是同学们陆续表演节目了。

第一个上来的是李晓芬，在班里李晓芬还算活跃。她站在舞台的中央，说我只会一首歌，请让我把《世上只有妈妈好》献给大家。在童谣声的伴奏下，一曲《世上只有妈妈好》很快结束。

接下来是王大卫。王大卫一站在舞台中央就满脸绯红，额头冒汗，显然是没有准备好表演节目。他用手拼命抓头皮，半晌无语。主持人提示他一下：你知道什么就表演什么。大卫悻悻地说，那我就为大家演唱"二十六个字母歌"吧：A、B、C、D……Z，大卫一口气就把字母歌唱完了。

第三个上来的田菲，她一上来就做了一套从初中到高中毕业都在做的中学生广播体操。

第四个上来的是刘发。刘发一上来就把衣服一脱。我们一惊，难道要表演舞蹈或武术？可刘发只是在地上打了两个滚，拍拍身上的灰尘就回到了座位上。

由于每个同学都要表演一个节目，接下来的节目：有背化学元素周期表的，有在黑板演算一道几何题的，有做马德堡半球实验的，有朗诵"四项基本原则"的，有连喝两瓶矿泉水的，也有从桌子底下钻一圈的……有个同学把全班同学的名字完整背出来，竟然赢得同学的满堂喝彩。有个同学把校歌完整唱完，引来啧啧赞叹声……

很快，节目就在不紧不慢，不温不火中结束了。看看时间尚早，主持人说，时间难得，为了增强同学间的友情，咱们彼此互相聊聊天吧。

我夹在他们之间，听他们唧唧喳喳地交流。

我忽然听到了王平低沉的声音。王平这孩子平时很少听到他讲话。但老师们特别喜欢他，因为沉默寡言的王平每次都能考年级前三。

他用厚厚的眼镜上下打量坐在他旁边的方晓，很诧异地问：同学，你，你新来的吧？

方晓一怔，你王平不是故意开我玩笑吧？也故意嘿嘿回答道：是啊！

王平粲然一笑：怪不得我看了你半天，脸还是很生疏，原来你真是

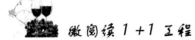

刚转到我们班上来的啊！王平很友好地同方晓握手，说很高兴认识你！

并一字一顿自我介绍道：我叫王平……

这时，坐在他们身边的我，惊愕的嘴唇裂到了极限！

王平不是和方晓一个桌子同坐三年了吗?!

脑瘫儿

新学期第一天，校长把我请到他的办公室。校长说，刘老师，一个患脑瘫的学生要转到你们班来，委屈你了。我问校长，没有选择的余地？

校长摊开双手无奈地说，我也不想接收啊，但上面压下来。孩子的父亲是外地引进来的专家，市里文件规定，专家落户后可以自由选择学校，这不，他就选择了我们学校。校长拍拍我的肩膀说，还望刘老师能理解学校的苦衷。

我很纳闷，也暗叹倒霉。我刚准备离开校长室。校长突然说，对了，刘老师，你不要太沮丧，脑瘫的学生不算我们学校的人数，他的任何成绩都不纳入学校的考核。

我胸口的石头松动些了，但担忧还是有，多了个脑瘫学生，肯定会对班级管理带来很多意想不到的问题。虽然我参加工作还未满两年，我们班可是全校成绩最好，班风最文明的啊。他来了成绩可能不受影响，但班风，还有班级形象肯定要受损。嗨！

第二天，他来了。惊异的是他竟然是一个人来的，我还真佩服他无知无畏，别的学生来学校报名很少不是全家陪伴的。

我细细打量了一下他，和正常的孩子外表上没有任何异常，应该说还很灵气。我心里直惋惜，这辈子挨上脑瘫，这孩子真可怜啊。

虽然外表上没有异常，但他的一些举动的确迥异。他不参加早读，人家在早读、他在操场上追小鸟、玩石子。人家在课堂上认认真真听讲，他却从这个座位跑到那个座位，想坐哪里就坐哪里。在课堂上很少遵循学校、班级的规章制度。

脑瘫孩子典型的症状就是傻和呆，可一段时间下来，除了一些举动不合常规外，我也没有发现这孩子有多傻多呆。那天，我对校长说，你是不是弄错了，这孩子一点也没有脑瘫孩子的症状。校长也纳闷，说他也观察了这个孩子好几次，也没有发现他有多大异常。不过，校长补充道，这孩子还是有异常，别的孩子看到校长就跑，他每个星期都要来我办公室责问我几个问题：如我们学校上课的课程为什么与功课表上的不同，为什么春游只组织在学校操场进行等可笑问题。我们决定邀请他父亲来校聊聊。

他和父亲手牵手来到校长室。父亲支开他。校长直接问父亲，孩子真的是脑瘫孩子吗。父亲说，脑瘫还能骗，谁还希望自己的儿子是脑瘫。父亲戚戚地说，拜托你们学校按他的性子来学习和生活，违背他的个性的话，这孩子很犟，脑瘫就会间隙性发作。顺着他，他还能像正常人一样。我和校长赶忙说，知道了，知道了。

一天，我们班在卫生评比中没有获得小红旗。这是以前从来没有的事。我愤怒了，要求班里每一个同学都把第2课的生字抄100遍。当我意识到没有排除脑瘫的他后，全班同学都已经离校了。

第二天一大早，他父亲就来找我，说，老师你千万不要叫他去抄哪些死记硬背的东西，昨天晚上他的脑瘫症就发作了。父亲建议到，能力性实践活动倒是可以让他多参加。

我赶紧道歉。

就这样，脑瘫儿成了学校的特殊公民，他可以不上不喜欢的课，也可以自主独立地做自己喜欢做的事情。有次，学校举办元旦晚会，他竟然上台抢了主持人的话筒主持了好几个节目，还给独唱的同学伴了几次舞，他的出现惹得大伙喜笑颜开。

他成了整天为考试成绩愁眉苦脸的学生的调味剂。有了他，学习和生活多了几分乐趣。但很快，初中三年悄然过去。

有班里的同学说脑瘫儿一毕业就去美国留学了。我们都笑他的专家父亲，什么狗屁专家，一个脑瘫儿子也送到美国去留学，真是嫌自己钱多啊。

多年后的一天，我从电视屏上发现了脑瘫儿，他竟然成了国际某领域的权威人物！我傻眼了，我唯一有脑瘫的学生竟然成了权威人物，我那些没有脑瘫的学生竟然没有一人取得过如此荣誉。

　　我找到校长说，我们学校出"名人"了。校长听我介绍后大呼怎么回事？

　　我们决定去拜访他的父亲。父亲仿佛知道我们要来似的。父亲深深地对我和校长鞠了一躬，说真要感谢校长和刘老师对我儿子的错爱。校长质疑到，你说自己儿子是脑瘫儿，可他却取得了伟大成就，这怎么解释？

　　父亲连连道歉，说对不起，我也是无奈啊。我们疑惑，这也是无奈？父亲说，我不说他是脑瘫孩子，按你们学校"正规"的学生培养模式，他能有这样的成就吗？

　　我和校长面面相觑。看着他父亲一脸的坏笑，我们都羞红了脸。

追逐声音的孩子

　　水根发现儿子亮亮有异样是个黄昏，按理说这个时候亮亮应该和小伙伴们在村口的田垄或草坡放牛。可这个黄昏水根发现牛还拴在秧村村口的柳树上。秧村地处江南水乡，家家户户都畜养耕牛，每个孩子都是放牛娃。

　　此时的亮亮正坐在家里的小板凳上，头上顶着嘹亮的歌声。歌声是从房梁上吊着的红木盒里流出来的。红木盒上镂刻一枚五角星，耀眼醒目。红木盒是由下乡的技术员统一安装的，秧村每家每户房梁上都吊上了这种红木盒。

　　从红木盒中流出来的多是些宣传法律法规、计划生育的声音。还有就是些科技知识，教导村民如何施肥、除虫等，偶尔也会插播几曲诸如才旦卓玛唱的《北京的金山上》等歌曲。

　　水根狠狠地扭着亮亮的耳朵咆哮道，去放牛！亮亮眼睛眯着，余光都不愿去瞧水根。水根骂道，滚出去，放牛去！亮亮仰起头，说不要影响我听声音。

　　听声音！水根怒气冲天，你能听懂个屁！水根卡着亮亮的脖子来到柳树底下，把牛绳挽在亮亮的脖子上，说，赶紧去放牛。

　　亮亮跟着黄牛走向田野，任牛绳拴在自己的脖子上晃荡。

　　第二天黄昏，牛饿得在柳树底下哞哞直叫。在田里除草的水根奔回家，给了端坐在红盒子下聆听声音的亮亮啪啪两记耳光。这时，水根才听出红盒子流出的是《少林寺》电影的插曲"日出嵩山坳，晨钟惊飞鸟……"声音弥漫如水。水根一个激灵，胸口似鹅毛拂拭。但他还是把亮亮撵到了柳树下，把牛绳挽在亮亮的右手上。

亮亮扯开了牛绳，跑回家继续端坐在小板凳上，像一尊倾听声音的石雕。水根很愤怒，却哭笑不得，他赶紧把在田畴里施肥的妻子叫回家。

夫妻俩担忧地说，咱们孩子脑子出问题了。水根抱起亮亮，一路小跑到村长家，说，会发声音的红盒子有魔力，把我家亮亮弄傻了。母亲更是哭哭啼啼埋怨不该装这么个红盒子。村长粗暴骂道，魔力个球，不就是个宣传知识广播吗，哪里有什么魔力。

水根反问道，没有魔力盒子里怎么有人的声音，人躲在盒子里？村长笑了起来，是有线广播，声音是通过铁丝线从县里传来的。

水根更是迷惑不解，一根细细的铁丝线就能把大活人的声音送过来，这声音还长了飞毛腿？

第二天清晨，水根发现亮亮不见了。水根发动全村男女老少找寻了整个村庄也没有找到。直到碰到一个货郎，才知道亮亮沿着挂着铁丝线的电线杆一直往前走了。水根二话没说，撒腿就沿着铁丝线往前追。终于，水根在一条小溪旁找到了亮亮。亮亮正对着湍急的溪水哭泣。

水根用脚踹了亮亮两脚，说，让你到处乱跑。亮亮不屑地回答，我要去追声音。父亲扭得亮亮的两只耳朵血一样红时，才驮着亮亮回家了。

亮亮肯定是脑子出问题了。水根和妻子送亮亮到公社里的医院检查了一番。医生说这个孩子一切正常。

的确，除了黄昏广播响起来的时候，亮亮一切和往常一样。广播一响起，他就会端坐在红盒子下面，迷酒似的陶醉。特别是歌曲流出来的时候，亮亮像沉睡在梦中一样，音乐成了包裹他全身的泠泠清泉。

几天后，亮亮又不见了。家人沿着铁丝线一路找到公社，找到县城，可沿途再也没有发现亮亮的踪影。

水根沮丧地往回走。在村口的柳树下，水根见到了疯疯癫癫、四处流浪的狗剩。狗剩异常热情地跑到水根身边，喘着气告诉水根，我知道你家亮亮哪里去了。

狗剩说，我看到亮亮闯过溪水，翻越山顶，一直走，一直走，在黄昏里，亮亮最后变成一个细点，消失在暮色的铁丝线上。

亮亮肯定是躲到铁丝线里去听声音了，狗剩掩面而泣。

被风吹走的童年

我梦幻如花的童年的遁逃，我知道，肯定和一个乡间游戏有关。

傍晚的秧村，宁静如水，高耸的群山如兽，酣睡在梦。清风携带田野里的芬香盈满乡村的角角落落。

在村口辽阔的草坪上，我们日复一日地玩捉迷藏，一种充满刺激的乡村儿童游戏。童年的月光总是明晃晃地挂在树梢，像醉酒爷爷那光秃秃的头颅。每晚我们沉浸在游戏中，月亮升得老高，我们才在父母的千呼万唤中回家。

那晚，陌生的他出现在我们面前。我们欢呼雀跃，认识新伙伴永远是孩子们最兴奋的事。很快，我们就打成一片，也知道他是跟母亲来到秧村的，目前寄居在村后的碾坊里。

他灵气十足，迥然于我们，他知道我们不知道的城里事。在游戏间隙，我们总喜欢躺在槐树下听他绘声绘色地讲述城里的故事。月色透过树梢，洒下一地星辉，小伙伴们沐浴在的月色下，宛如瓷娃。

那晚回到家，母亲却警告我，不要和他玩了。我问为什么。母亲愤怒道，不要你玩就不要玩！

那晚，我们这群孩子似乎都得到了同样的警告。第二天游戏时，我们只好避着他。那晚的游戏实在寡味，我们很早回家。接下来的几个傍晚，他只能无趣地站一旁看我们游戏。

那次，狗娃去亲戚家做客了，游戏的一方少了一个人。大家都问我怎么办？我踌躇了许久还是决定邀请他参加我们的游戏。大伙都劝我，今晚还是算了吧。但我不想让捉迷藏的游戏在今晚歇菜。

这晚的游戏格外有趣，我们似乎找到了往日的生机。那晚的月色很透亮，我知道，马上就是满月的日子了。

回家后，我果然尝到了苦果。母亲把我绑在门框上，用藤条狠狠地抽我。边抽边骂，我不是告诫过不要和他玩，你还好意思和他玩，你也不打听一下她母亲以前是干哪种事的。母亲越抽越愤怒，仿佛抽打的不是我，而是那个女人。

接下来的连续三个傍晚，母亲都把我拴在房间。我怨气满天，天也应和着我的愤怒，撒下片片白雪。

第四天，我终于能出去了。我把孩子们召集了起来，出乎大家的意料：今天游戏在黄昏中就开始了，我还主动邀请了他。

他受宠若惊，灵动的双眼盛满了喜悦与感动。

我宣布就让他一个人负责找。然后我在其他伙伴耳边嘀咕了几句。我们痴迷的游戏在阴霾密布的黄昏中风风火火开始了。我们都飞速地把自己藏匿起来。我更躲得匪夷所思。

在秧村，捉迷藏的孩子分成两派：一派躲，一派找。双方斗智斗勇，比智慧，拼耐力。在秧村，孩子们捍卫捉迷藏的规矩是：没有把藏匿的人找全，游戏就永远没有结束，除非找的一派甘拜下风并学狗叫三声。

……在外婆家做了三天的客，我想我该回去了。在这三天里，我都得意那晚飞速奔往外婆家的妙计。在奔跑中，我被母亲关押三天的怒气随风飞远。我也感到了在寒风中飞奔的无比乐趣。我知道，在这样滴水成冰的时节，足以冻坏任何一头在外觅食过久的野兽。

当我伫立在村口时，白雪早已把辽阔的草坪厚厚掩埋。突然，我看到全村的老老少少在送别那位妇女，她眼眶塌陷，膝下已经无人。她一个人孤零零地背朝秧村，在苍茫的雪色中，渐行渐远。

一阵寒风吹来，我看见一只野兽在雪地里遁逃，逃往白雪皑皑的群山。我的童年随风远逝，戛然而止。

陨落的礼品

每次踏进母校的大门，我都会向 2 层楼书记家的窗口张望，张望生命中曾经的那份陨落……

还是大学毕业那年，学校宣布了我们系有 5 人可以留校的公告，我期待已久的心砰砰地飞舞不停。

要知道为了这个公告，我等了很久、很久。

和别人不同，我是个特困生，四年来，在大山里的父母亲，为了我能完成学业，该变卖的都变卖了。家里一贫如洗，已没有任何一件值钱的东西了。父母亲砸铜卖铁最大的期待就是我能留校教书，因为留校就可以省下一大笔找工作的花费，同时也有了一份稳定的工作。

寝室长吴天找到我说："你就不用着急，像你这种学业、特长都好的人，系里还有几个了？这 5 个指标一定有你的一份。"

"不过，"吴天担忧地说，"现在的事也很难说，虽然你成绩出众，可俗话说，有礼走遍天下，你不送点礼去开开路肯定也不行，这次考核权放到了系里，你还是应该去找找系里的书记好了，意思意思一下，别人都在摩拳擦掌哦！"

我忐忑不安起来。书记教过我们古代文学，他在课堂上曾经多次对我们说过，我最恨的就是学生送礼给我！而且书记曾咬牙切齿地说过：谁送了礼到我家，我马上会从窗口扔下去，马上从窗口扔下去！

但为了能留校，为了父母的期待，为了我的前途，我不敢有任何闪失，我也不得不冒险去送这次礼。

送什么好？珍贵的礼品，我送不起。但差的礼物能拿出手？为此，我特意到市区的礼品店转了整整一个周末。最后，我认为买一套588元的不锈钢餐具送给书记最合算。

反正书记会从窗口扔下来的，反正书记会从窗口扔下来的。我的目的就是要让书记知道我曾经也送过礼物。

主意定好后，我就该准备钱了，可我除了每天拮据的生活费外所剩无几了。还好，寝室的同学都同情我，都愿意借钱帮助我。

书记说过，他会马上把礼品从窗口丢下来的。我计划好了，只要我躲到楼下，把礼品捡回来，什么也不会损失，因为我和店里的售货员说好了，说好了，礼品在三天之内可以原价退还的，这样下来，我也可以把借来的钱还给同学了。

花了好几天，我终于凑足了买那套餐具的钱。

那天，我毅然把礼品买下。晚上，乘着夜色，我小心翼翼地把留记名字的礼品送到了书记家。放下礼品，还没有等书记问话，我拔腿就跑。

跑下楼之后，我就静静地躲在书记的楼下。书记家的楼下正好有块厚厚的草坪，很柔软。那晚的月色也美，是在大学里见到过的最美的月色。

那套花了我588元的礼品是会被书记扔下来的，我坚信！礼品会从书记的窗口落下来的，我坚信！……

一个小时过去了，礼品没有下来。两个小时过去了，礼品没有下来。三个小时，四个小时过去了，所有窗口的灯都次第熄灭，我那可爱的礼品还是没有落下来。

在等待中，我睡着了，在睡梦中，我做了一个梦，我梦见了自己正翩跹在大学讲台上，手中的教鞭呼呼生风……

花瓣上的一滴露珠洒落在我眼里，我醒来了。此时天已熹微。在朦胧的曙光中，我看到了我的"心"从书记家的窗口缓缓陨落而下……

哭泣的篮球

男孩是在开学好几个星期后才有了自己的篮球。拥抱自己篮球那刻，男孩兴奋得全身颤栗，他在课间练习篮球时再也不需要躲在一旁，艳羡着班里的同学玩篮球了。

开学时，班主任就强调，这个学期体育要考篮球，要求人手一个篮球，每天练习三步上篮，分数10分，成绩要算入中考总分。

对一个初中生来说，中考无疑是初中三年最最重要的一件事。

男孩回家把这个消息告诉了母亲。母亲刚踩着三轮车从夜市摊回来。满脸疲惫的母亲并没有搭理他。

第二天，他发现班里的每个同学都带来了崭新的篮球，每个篮球散发出诱人的气息。一到课间锻炼，同学们就抱起自己的篮球直往操场上冲，只有男孩落在最后，因为他手里什么也没有。

他磨磨蹭蹭地来到操场，看到篮球在同学们手里上下飞舞，他羡慕极了。可手里无球的他只能躲在树荫下。他怕班主任责问他为什么没有带篮球来学校。

那天，他看到同桌小胖玩得大汗淋漓，正坐在一旁休息。男孩走过去，害羞地对小胖说，你的篮球能不能借我玩一下。小胖赶紧把球抱到胸口，说，我怕你摔破我的球。男孩无趣地走开。

每天来上课，班主任都会责问男孩为什么不带篮球来学校，同时还责备男孩的父母，一个篮球也舍不得买，怎么去参加中考啊。

如今，男孩终于带来了自己的篮球。但男孩的篮球看上去却很刺眼。

课间篮球训练开始了。男孩第一个冲到操场，在操场上玩命般拍打自己的篮球。男孩很努力，心爱的篮球像长了眼睛，一个脑儿往篮筐里蹿，几乎每次上篮都中。男孩很高兴，他甚至不顾篮球上的泥沙，每进一球就用嘴轻吻篮球一次。

一旁的同学看呆了，说男孩的篮球真神奇，纷纷要和男孩交换篮球玩。男孩大方地和他们交换。但球刚到第一个同学手中，男孩没拍几下就戳到中指。第一个同学骂了一句，什么屁篮球，这么硬。这个同学把篮球摔得很远。

男孩拼命跑过去，把篮球抱了回来。

小胖也说给我玩玩。小胖一拍就大声叫了起来，原来如此啊，是个塑胶篮球。

这时，同学们都七嘴八舌起来，说怪不得这篮球刺眼，原来是塑胶篮球啊。

哈哈，哈哈，大伙哄笑起来。因为他们手中都是200元以上的牛皮篮球。

第一个被戳了手的同学生气了，他抢下男孩手中的篮球，说，怪不得戳我的手好痛，原来是个20元钱不到的塑胶篮球，最后，他用脚把篮球踢得老远。

其他的同学也纷纷来踢这个塑胶篮球，橘红的篮球在空中飞舞。男孩想去抢回自己的篮球，男孩跑到左边，篮球被孩子们踢到了右边。男孩跑到右边，篮球被踢到左边。篮球和孩子一个在天，一个在地，都飞速奔跑，可地上的男孩却永远触摸不到天上的篮球。男孩索性跌坐在操场，看篮球在空中呼呼飞舞，像个哭泣的男孩。

突然，上课铃声大响。篮球被一只大脚踢得老高，直射向不锈钢车棚的一角。一肚子气的篮球终于消停了，瘪着挂在不锈钢车棚的一个角上。

人们很久没有看到男孩出现在操场上了。

过了很久，在操场上练习篮球的同学还能看到那个瘪了气的篮球挂在车棚上，像天空那轮将要落山的斜阳，黄得刺眼。

望远镜

208寝室的大一新生还没有铺好床铺，一串串有生意头脑的学兄就肩扛手提着小商品窜进寝室进行叫卖了。他们推销的都是诸如牙膏、毛巾、拖鞋之类的生活用品。

不多久，一位学兄趄进208寝室，他神神秘秘地栓上了寝室的门。他先恭喜208寝室全体室友，说你们这届大一新生真走运，竟然分配到了和女生相邻的唯一的一幢宿舍。那可是四年一逢的良机。有了这么好的条件，你们不好好利用那就是傻根了。今天我就是来优化你们这个条件的。

说完，他从自己的手提包里掏出一副望远镜，在手里晃晃了，说，这是具有夜视功能的最新款望远镜，你们可不要错过啦。

学兄接着说，你们肯定不知道，上届住你们这幢宿舍楼的学兄，每个寝室至少都配了一副望眼镜。一到黄昏或深夜，特别是女生沐浴的时刻，每个窗台偷窥的望远镜如初春的竹笋，那是相当的壮观。望远镜真是一旦拥有，眼福四年尽享。

被学兄一煽动，寝室里除了大卫，其他人都跃跃欲试，争相购买。一问价钱，竟然要888元。

学兄觉察到了他们的为难情绪，说，你们新生刚来报到，要钱的地方多，我看你们还是8人合买一副吧，这样也可以轮流看。我是你们的学兄，哪能不为学弟们考虑？

大伙觉得合理，便开始征求意见。此时大卫正闷头看书。他们问大卫，你也来一份吗？大卫一口回绝，说我只喜欢看书。

其他七人合伙买好了望远镜。

学兄满意地走了，走之前他留下一句话：使用望眼镜千万要小心，学校现在查得严。

一到黄昏或夜晚，208的七位室友就迫不及待地拿起望远镜朝着对面的女生寝室望。真绝，女生就好像在自己面前一样，触手可及，连女生衣服的纹路也看得清清楚楚。

那段时间，他们都轮番远眺，生怕漏看到一个精彩细节。当然，对面女生沐浴的澡堂都会用有窗帘布遮盖，但这种近距离的偷窥也满足了他们青春期的臆想。

每天8点大伙晚自习回寝室。一回寝室，用望远镜眺望对面的女生楼成了他们的必修课。哪怕是看到女生在走廊上晒衣服，他们也会狂叫起来，说这妹妹真漂亮，那妹妹曲线好，引得大家蜂拥窗口。

有几次，他们也热情地邀请埋头看书的大卫，想让大卫也饱饱眼福。可大卫都是一口回绝。

那晚，除了大卫，其他七人都去参加班里一个同学的生日集会。

大卫在寝室看书，正好看一篇描写苍天的优美散文。大卫被这篇文章的语言所感染，产生了抬头望天的强烈欲望。

大卫走到窗口，此时天色向晚，但幽深辽远，煞是壮观。

大卫发现了望远镜。不知是谁那么不小心，竟然把望远镜就搁在窗口的桌子上。大卫突发奇想，用望远镜看看苍天又会是一番怎样的意境？

大卫犹豫了一下，但他还是拿起了望远镜。望远镜的双筒还没有对准蓝天。望远镜就突然被一只强有力的手粗暴拽去。

"还真有人用望远镜偷窥女生寝室。"声音从大卫的背后响起。

大卫想说句什么，但学校保卫科的人已经推搡着他朝保卫科走去。

大卫迎检

大卫调到 C 市已经两个月了。两个月后大卫所在的学校就要迎接市教育局的年度考核了。在 C 市，教育局对每个学校进行年度考核是一项常规工作，教育局通过考核后才能排定所有学校的名次，据说这个名次的顺序也直接影响到每位教师的年终绩效工资的发放。

学校对年度考核极其重视，在不到半个月里就举行了大大小小的会议近十次，目的是使全体教职员工在思想上充分重视起来，同时也对每个教师进行了分工。大卫分配的任务是整理学校特色工作的材料。

大卫所在的学校申请的特色工作分两项，一是文学社工作，二是阳光体育工作。每项的特色工作最高分值可以加到 5 分。大卫负责整理的材料是文学社特色工作这一块。

大卫积极性极高，一分到任务就行动起来。大卫首先问了相关人员有关文学社工作的开展情况，可得到的答复是学校压根就没有文学社。

大卫纳闷了，没有文学社的学校还把文学社工作当特色打造，这不是自讨没趣？大卫找到了校长，把自己的疑虑和盘托出。校长拍拍大卫的肩膀说，大卫老师，你先不要急，我也是和你一起刚来这个学校，有些情况我们可以先做了解。

大卫说我怎么能不急，连文学社都没有却要弄出特色来，巧妇也难做无米之炊啊。

校长说，大卫你还是先去档案室查查学校去年年度考核的资料存档，看看能不能找到相关资料。

大卫马不停蹄地来到档案室，很快就找到了上一年的年度考核资料，也找到文学社特色工作的资料袋。大卫翻出一看，资料还真不少。

大卫就开始怀疑部分老师对新来的他说了假话，资料上表面学校文学社工作很有特色，可部分老师却只字未提。

大卫把这些材料摊到部分老师眼前，老师们先是诧异，后是大笑。

大卫把这些材料摊到部分学生眼前，学生们先是惊奇，后是纳闷。

大卫对老师和学生的表现很不满意。大卫把这件事告诉了校长。校长说，没事的，部分师生对文学社不了解很正常。校长同时勉励大卫把今年的材料弄得更厚实些，要超过去年的成绩。所以至少要有新的文学活动及其相关的记载资料，特别是反映新成果的图片。

大卫立即去找相关的老师，向他们讨取文学社的有关资料，可问遍所有老师都说没有资料，有老师压根就说，学校根本就没有什么文学社，哪里有资料？

大卫反问道，没有文学社那去年的特色资料是怎么弄的？老师们听到大卫的反问后哈哈大笑起来。

考核的日子越来越近了，学校又召开了会议。在会议上，校长要求相关老师要保质保量完成分配的任务，因为年度考核涉及到学校的排名和教师的绩效工作，任何人都不能有任何的闪失。校长要求各部门责任到人，谁出问题谁负责。

大卫可谓如坐针毡，他负责的文学社特色工作竟然还没有任何进展，这可如何是好。

无奈，大卫请教了上一年负责文学社特色工作的一位老师。那位老师直截了当地告诉大卫：文学社的所有资料是在网上下载的，活动图片也是请部分学生装腔作势摆拍的。

大卫直晃脑袋，这怎么能行，这怎么能行，我们可是学校啊？

检查组就要来学校检查了。每个人的资料都做得满满当当的。惟独大卫忧心忡忡，因为他根本没有任何资料可添加。

校长看到大卫空荡荡的材料盒，直摇脑袋，不过校长很快找来一摞空白的A4纸，塞进材料盒里。当然，校长把去年的那些材料加在空白纸的上面。这样，大卫负责的盒子也丰满了起来。

检查组很快就完成了对学校的考核。学校的排名也比上年有了明显提高。

事后大卫请教校长，文学社特色竟然不可思议加了满分 5 分，可我们的资料盒除了加上了空白的 A4 纸，其他什么内容也没有添加啊？

校长狡黠一笑，说，今年检查组的组长就是去年这所学校的校长。你说他不知道这个学校的文学社是怎样的特色吗？

大卫怔在原地，怎么也想不通是怎么一回事。

卖花的小女孩

　　和她闹翻只是为了一件普通的紫红袖口外套。昨天我陪她买过一件类似的。我猜不透女孩的心思，她这样重复购买为何？再说我和她都是刚出校园不久的上班族，现在拮据得寒心，能省一点有何不好？可她却固执得离奇，看准了的东西，八头牛都撤不回。我也不知道自己哪根筋短路，这次硬是和她拧巴上了。结果是两个人携手而来，一前一后而回。

　　路过市民广场，她臀部砸在大理石板凳上休息。我也亦步亦趋，在离她 20 米远的草坪上躺下。

　　或许都认为自己在理，谁都不搭理对方。

　　三月的广场，阳光明媚。除了游客的欢声笑语，就是小商小贩们此起彼伏的吆喝声，像夏天的噪蝉。来往人群间隙，一群学龄小女孩来回穿梭，她们手里捧着或簇或朵的猩红玫瑰。

　　说真的，我对这些卖花的小女孩没有好感。我多次看到她们拦住路过的男士，假如人家不买，她们就像尾巴一样粘上你，不断在你耳边唠叨，买一朵花给阿姨吧，买一朵花给阿姨吧……几乎是哭企的语气。那次，我和堂妹一起逛街，她们硬说堂妹是我女友，弄得我们哭笑不得，尴尬不已。以后碰到她们，我就会产生一种本能的厌恶。

　　一个女孩子还是来到了我的身旁。她穿着碎花短装，脑后扎粗大的麻花辫，一看就知是乡下来的。她用生硬的普通话对我说：买一朵给那边的阿姨吧。

　　我心里纳闷，小女孩怎么知道她就是我女友。

　　小女孩看到了我的诧异，狡黠一笑，露出几颗黄似野菊的门牙。

此时，我还真想买朵玫瑰给女友，向她道个歉。可我从来就没有买过玫瑰给她，她喜欢吗？还有，她怒气正旺，万一把我送的玫瑰踩在脚下羞辱我，我又该如何收场？

买一朵给阿姨吧。

我斜眼看了 20 米远的她一眼，她眼睛木然地看着蓝天。她现在眼中的太阳准变成地下室里的煤球。

看来这个时候送玫瑰并不是最浪漫的时机。

可女孩还在唠叨，或许有过以前的经历，我有点心烦。我朝小女孩挥了一下手，让她走开。可她却坚持对我唠叨：买一朵给那个阿姨吧，买一朵给那个阿姨吧……

唠叨声中，短信铃声骤然响起，是 20 米远她的，只有四个字：我们分手！

我心里一沉，脊背发凉。可女孩子的声音还在耳边聒噪。我烦了，凶了一句，滚！

小女孩悻悻离开。

女友不久也离开了，我想追上去，可今天的勇气像孩子手中的破气球，全泄了，只能眼睁睁地看着她消失在广场的人群中。

南方，三月的天空，阴霾总是短暂的。

多年后一个阳光丰满的午后，我躺在自家舒适的阳台上，爱妻依偎在我的怀里。我们叙说着初恋甜蜜的往事。

忽然，妻子扑闪着眼睛说，你知道我为什么原谅你并嫁给你吗？

我摇头。

妻子用纤细若柳丝的食指刮了我一个鼻子，是那朵三月里的玫瑰花！

我懵了，说，恋爱时我好像没有送过玫瑰给你吧？

妻子妩媚地剜了我一眼，说你那时羞不羞，送花都不敢，还请一个乡下小女孩。

是吗，我请了一个乡下女孩？……

我一怔，忽然忆起了那个卖花的女孩，那个阳光明媚的三月。

 偶　遇

霓虹狂舞，满根拖着疲惫的双脚走在忽明忽暗的大街上。忽然，满根感到内急异常。满根满眼寻找方便处，发现一灯火辉煌酒店的后面有条小巷。满根想，先去小巷救救急。一拐进小巷，满根松开裤带立即喷射起来。

这时，一个醉醺醺的男子匆匆地从酒店里蹿出来，往四周扫视了几圈，也马上小跑着挤进小巷。

巷子窄。满根在里，男子在外。满根狂射后想出去，可男子堵住了出口。满根只好等男子完事后再离开。可男子完事后竟然把头靠在墙壁上，两眼呆滞，昏昏欲睡。进出不能，无奈，满根只好用夹杂乡音的普通话说，大哥，让让行哦？

呆滞的男子一个激灵，你枣花乡的？满根惊疑地看了男子一眼，大哥你怎么知道我枣花乡的？男子嘿嘿一笑，就你那蹩脚的枣花普通话，走到天涯海角我都能听出来。满根问，大哥你也是枣花乡的。男子哈哈大笑说，是啊，我也枣花乡的，我们是老乡啊！男子说话一字一顿，一股股浓郁的酒气从男子的嘴角不断溢出。

一听到是老乡，满根潜在的故乡亲切感油然而生。男子开始用枣花乡的方言和满根交流了。满根想，真是怪，来到省城找了几天的工作，还从来没有遇到过县里的一位老乡，更不要说同一个乡里的老乡了，可在这狭小的巷口，竟然偶遇到了真正的老乡。

满根说我杨家庄的，大哥你哪村的？男子说，我李庄的。满根说，李庄？我一个妹妹前几年就嫁你们李庄去了。男子哦了一声，是吗？按

乡俗，那我还该叫你舅舅了哦。这时酒气在巷子里四处乱撞，两人的排泄后的尿骚味也被这气味淹没。

满根问，大哥，你咋喝成这模样？男子说，没有办法，在城里混，哪天不是这样？满根说，大哥你当官的吧。男子说，什么官啊，瞎混混呗。

男子说，对了，舅舅你来这里干嘛？满根说，听家里人说外出打工能赚钱，我也就出来了，可找了一个星期也没有找到合适的活。

男子问，那你这些天住哪？满根说，在这省城没亲没朋的，只能睡街道上、桥底下呗。

男子说，那怎么行，我刚好结束了这个饭局，走，舅舅今晚就睡我家。满根说，不好吧，给你家里人增添麻烦。男子说，舅舅这样说就是见外了，还有今晚我老婆带孩子正好回娘家去了，没事的。

满根打量了一下自己，黏糊的头发和脸蛋，乌黑的衣服，裂开嘴的皮鞋，还有那打满补丁的蛇皮袋。满根极力回绝，说我这傻乎乎的模样真的不适合去。但男子拖着满根的蛇皮袋就走，男子酒后瞬间爆发的力气拉得满根一个趔趄。

男子拦下一辆的士。男子说话还是一字一顿并带着酒气，显然醉意正浓。

一到他家门口，满根吓得不敢迈步，这哪里是家？简直比宾馆还亮堂！男子说进去啊。满根准备脱鞋。男子说，不用脱了，就把这里当作进乡下老家的房屋一样。满根没脱鞋就进去了。

男子问，你还没有吃晚饭吧。满根说，我就去下面的小店吃碗馄饨再上来。男子说，舅舅真会开玩笑，咱们乡里乡亲的，来我这里就不要客气。男子用手一指，说冰箱里还有些饭菜，你去拿出来热下再吃吧。

对了，我们得先喝一点酒，男子摇摇晃晃地从壁柜里取了一瓶红红的酒，倒在桌上的两个高脚杯里。满根喝了一口，说这味怪怪的。男子说，这酒叫红酒，法国进口货，贵，但一点也没有我们枣花乡的苞谷酒来劲。男子提起高脚杯一口而尽。

满根也想一口而尽，但吞第一口，就被这酒噎住了。

吃完饭，男子说，很久没有回家乡了，舅舅能不能讲点家乡的新情况？满根于是就和男子聊起了关于枣花乡的新旧事。男子不时呵呵大笑，彤红的脸蛋，灿烂得像个小孩。

不知不觉，壁上的挂钟敲了十一下。男子说咱们躺到床上去聊更舒服。满根随男子进了一个房间。灯一亮，满眼的灯火辉煌。满根惊叹，这分明就是电视里看到皇帝住的宫殿，但满根没有把这话说出来。

男子指着那两米宽的床说，我们今晚就睡上面。满根一坐上去就扑通一声陷了下去，刹那又弹了回来。这一下一上，骇得满根半晌说不出话。满根说，我还是睡大厅的沙发好了，睡这床我不习惯。男子说，是啊，枣花乡现在还没有谁睡这种国外进口床垫的，那我们就搬被子去睡沙发好了。

于是，两人并排各占据一张沙发，仰头躺了下来。满根再和他聊枣花乡故事的时候，男子呼噜声渐渐响了起来。满根感觉自己眼皮也开始打架了……

清晨，满根听到清脆的门铃声。满根马上爬起来开门。这时，男子也听到了铃声，迷迷糊糊坐了起来。

门口站着一位像秘书一样的女士，看了满根一眼，问男子道，局长，你家来客人了？

男子顿了顿，擦了擦迷蒙的双眼，慌乱地看了满根一眼，呵斥道：什么时候钻进来的叫花子，滚！

满根还没有明白怎么回事，他的蛇皮袋已从门缝里抛出，骨碌骨碌从楼梯口滚了下去……

鉴 宝

市民宝根在祖屋废旧的阁楼上发现一个瓷器花瓶。这个花瓶不知道是祖上谁留下来的，也不知道是哪个朝代的。宝根询问了周围一些稍懂古玩的人。这些人众说纷纭，有人说唐朝的，也有人说是宋代的，还有人说是近代的赝品……

宝根得到宝瓶的消息不胫而走。宝根也大方，谁来了就给谁鉴定一番。可来鉴定的人没有谁能确定花瓶的年代和收藏价值。

市电视台得到这个消息立即赶来采访。采访结束后，电视台想把花瓶作为一个收视卖点，于是许诺宝根，近期他们将邀请国内著名的古玩、文物专家来免费为花瓶作鉴定，但条件是宝根把他的花瓶送到电视台，允许电视台对鉴定过程进行现场直播。

宝根想，反正自己也弄不清楚花瓶的价值几何，请专家免费鉴赏一下也好弄清花瓶的"底细"，因此很爽快就答应了。

很快，电视台就邀请到了国内五位著名鉴宝专家。听说著名专家来鉴定花瓶的价值，对花瓶感兴趣的市民都守在自家电视机前，急切地想看专家如何鉴定这个众说纷纭的花瓶。

五位专家应邀坐在电视直播中心的主席台上。他们之中有一位鉴宝权威专家，四位省级博物馆馆长，五位专家一字坐开。

主持人分别介绍完五位专家的概况后，就先请四位省级专家分别从花瓶的胎质、釉色，花瓶的纹饰，花瓶的造型及款识四个方面作鉴定。最后将请鉴宝权威专家作最后综合鉴定。

A 省博物馆王馆长首先被邀请作鉴定。在观众的掌声中，王馆长拿着放大镜来到特设的鉴定台。他注视了一圈花瓶，用放大镜看了一遍，介绍道：从花瓶的胎质、釉色看，此花瓶釉质肥厚，润如堆脂，纯白似玉，釉面光净晶莹；胎色纯白，胎质细腻，并且有厚薄不均现象，据我观察，应该是明代永乐年间江西瓷都出品的花瓶。

现场观众掌声一片！

第二位上鉴定台的是 B 省博物馆李馆长。在观众的掌声中，李馆长拿着放大镜来到鉴定台。他注视了一圈花瓶，用放大镜看了一遍，介绍道：从花瓶的纹饰，特别是"朵云"看，花瓶绘一如意云头，全身绘飘带数条，不分头尾。依我愚见，花瓶的朝代应该出品于明代万历年间。

现场观众掌声一片！

第三位上鉴定台的是 C 省博物馆张馆长。在观众的掌声中，张馆长拿着放大镜来到鉴定台。他注视了一圈花瓶，用放大镜看了一遍，介绍道：从花瓶的造型判断，此花瓶小撇口，短颈，肩特别丰盈，身体修长，圈足，给人以古朴秀美之感。依我浅才推断，花瓶应该是明代的梅瓶造型。

现场观众掌声一片！

第四位上鉴定台的是 D 省博物馆刘馆长。在观众的掌声中，刘馆长拿着放大镜来到鉴定台。他注视了一圈花瓶，用放大镜看了一遍，介绍道：从花瓶的款识来判别，虽然这花瓶的款识模糊不清，但从字体、风格、每一笔划的特征，特别是字体上看，它明显是篆书，因此可以推断，至少是清代乾隆以前出品的。

现场观众掌声一片！

四位专家鉴宝完毕。

主持人宣布：现在让我们隆重邀请鉴宝权威专家宋教授上鉴定台为我们作最后鉴定！

在观众热烈的掌声中，宋教授拿着放大镜来到鉴定台。宋教授用放大镜上下里外看了花瓶一遍后说，刚才四位专家说得很在理，这花瓶出品最晚至少是清代乾隆年间，最早应该追溯到明代永乐年间。

依据其他四位专家的意见和我的观察，我认为此花瓶属于明代永乐至清代康熙年间的江西瓷都花瓶，具有极高的收藏价值！

观众对宋教授的发言致以最热烈的掌声！

主持人建议道：机会难得，最后让我们邀请五位专家和花瓶来个合影。

五位专家站成一排，主持人邀请宝根把花瓶奉送到专家们手中。五位专家都伸出了热情的双手。

忽然间，花瓶咣当一声摔在地上，碎片溅飞，洒满整个台面。

五位专家谁也没有托住花瓶！

现场观众叹惜一片！

五位专家赶紧弯腰，各迅速捡起一块碎片，掏出随身携带的放大镜。观察了一会儿。

王馆长马上说：从碎片的胎质、釉色看：这花瓶是赝品！

李馆长接着说：从碎片的纹饰看：这花瓶是赝品！

张馆长接着说：从碎片的造型看：这花瓶是赝品！

刘馆长接着说：从碎片的款识看：这花瓶是赝品！

宋教授总结道：刚才四位专家分析得很在理，这花瓶应该是赝品！只不过是一个制作得相当高明的赝品，花瓶的出品年代不超过 20 年，没有任何收藏价值……

公交 VIP

　　在市郊，一座名叫"至尊欧境"小区拔地而起。一座座充满幻想的别墅凹字形排开。小区前卫的装饰，异域的风情，让人犹如身处西欧某处梦幻般的仙境。"至尊欧境"的诞生仿佛让所有城市人有了更高的追求目标。

　　为了彰显小区的尊贵，市公交公司特意开设了一条"至尊欧境"至市中心的 VIP 公交专线。为了体现乘车人的尊贵，车费也是 VIP，起步价是市区公交价的五倍——五元。

　　小区居民虽然很多人有私家车，但由于公交公司提供的 VIP 公交车高档舒适，他们还是喜欢乘坐 VIP 公交车，特别是这种以公交车驶到街道上，几乎所有的人都会侧目仰视，这也仿佛让小区人增添了无限的荣光。

　　那天，像往常一样。西装革履、手挎公文包的男士。衣着时髦的靓丽女士。还有一些珠光宝气、风姿绰约的中年妇女。他们纷纷踏上去市区的 VIP 公交车。一上来，他们就互相打起了哈哈，那些中年妇女们更是立即议论起了哪个商场进了一批高档化妆品，哪个超市能够买到正宗的洋酒……

　　在车要开的刹那，蹿上来了两个中年男女，是一对农民工夫妇。他们粉头土面，互相搀扶着上来。女的脸色惨白，男的衣服上满是泥浆，显然衣服都没有换就踏上车了。夫妇选剩下的两个空位坐了下来。

　　他们的出现，洁净的车厢犹如亮堂的珠宝店里掉下两块沾满污泥的瓦片。斜着眼看了这对夫妇几眼，车厢里的人马上转移了刚才谈论的话题。那个丰乳肥臀的中年妇女用暗示的眼光要其他人当心点。她小声嘀咕道，现在这种人不可不提防，你看他们，穿得如此难堪还上我们的 VIP 公交车，肯定有什么企图，他们难道不明白，这车的票价可是五元啊！

也许真的是外地人的缘故，夫妇俩对他们的谈论没有作任何反应。

他们的声音更大了。一个瘦高妇女接着说，你看他们故意搂在一起，说不定是来掩饰什么，电视里就演过这种以故意亲热作掩饰来偷窃的。这时，车厢里的人都不自觉的用力按紧手中的包。忽然，一个男孩用手捂住鼻子，说真臭！像连锁反应，全车的人都找香巾纸把鼻子捂了起来。丰乳肥臀妇女愤愤不平道，我看他们全身黑糊糊的就恶心，简直是一种视觉污染！瘦高妇女接过话头，他们蓬松的头发里面说不定还有跳蚤呢？真是的，难道他们乡下人不知道这车是只供我们这类人坐的吗？

真没有素质，这么邋遢还上我们的 VIP 车，所有的人都在骂骂咧咧。

在他们谈论的时候，夫妻俩可能是太过疲惫，也或许车子太过舒适的缘故，他们很快就呼呼睡着了。

车厢里的声音更洪亮了，你看看，一上车就瞌睡连天，昨晚难道是当小偷去了？丰乳肥臀的妇女像发现了新大陆一样惊讶道，你们看，他们的口水竟然从嘴角流下来了，噫，真不知羞耻，还没有我家宠物狗"滴答"有素养。

真倒霉，今天和这种没有素质的土包子同坐一班车。整个车厢里的人都在满身怨气地声讨。

一个绅士般的同志责问道，你说农民工怎么也能上这车，VIP 车不是专门为我们这些人服务的吗？他这几句好像故意说给司机听的。

整个车厢里的人都像把干净亮丽的皮鞋踩在狗粪上一样，对这两个没有素质的人极度愤慨……

在市区唯一的中途停靠点，两位 70 来岁的老伯拄着拐杖，颤颤巍巍地上来了。

见车厢里没有一个空位，司机按响了录音：女士们、先生们，请给需要的同志让个座！

车里的男男女女的抱怨声渐渐停了下来，有人开始把眼睛别向窗外。

司机又按响了录音：女士们、先生们，请给需要的同志让个座！

车厢里先前的声音销声匿迹。

或许是太过安静的缘故，丈夫伸了个懒腰，醒来了。丈夫一醒来就看到了站在自己身边的两位老伯。他马上摇醒了熟睡的妻子，搀扶着她一起站了起来。两位老伯也就顺势坐在他们让出的座位上。

车开了，夫妇紧紧抓住车厢里的吊环，依偎着。在市区修路的那一段，夫妇俩像吊在树上的秋千。

车马上要到达终点了。丈夫摇摇晃晃走到司机身旁，用生硬的普通话询问道：师傅，您好！打扰一下，我妻子患心绞痛已经整整两天了，麻烦你告诉我们这里去最近的医院该如何走……

在丈夫一字一顿的询问声中，整个车厢异常寂静、燥热。

天气预报

拐爷迷糊了。村主任来找过他，说，镇里要求每个行政村备一名天气预报数据员。村主任说，全村就你对天气预测有些经验，这个任务就交给你了。村主任还叮嘱拐爷，这个任务一定要做好，镇里很重视。

嗨。拐爷长叹了一声。

30 年前，村里还没有电视机，村人想知道天气的情况，都去问拐爷。拐爷也热心，根据多年的观察和农村留下的一些物候谚语，拐爷也能对天气预测出一二。村里人都戏称拐爷真是天气预报员。碰到大事小事，大伙都喜欢去拐爷这里打探天气。拐爷的预测也能让大家满意。

25 年前，拐爷在外地工作的大儿子给拐爷买来一台黑白电视机，这也是全村最早的电视机。每天看电视，拐爷最关心的还是天气预报，农民嘛，对天气的关注总是特殊些。那时，电视里只有一家中央台，而且只有晚上 6 点后才有图像。拐爷每天看完新闻联播后，总要看完后面的天气预报。那时，中央台的天气预报播报范围只有省会城市，可拐爷把中央台的天气预报说给村民。大伙第二天一验证，都说中央台的天气预报真准。

20 年前，省里也有了卫视，省里电台在省新闻联播后也有天气预报。省里的天气预报播报范围具体到了市里，拐爷就天天关注省电台的天气预报了。经大伙验证，都说省台的天气预报真准。

15 年前，市里也有了电台，市里电台在新闻联播后也有个天气预报，预报的范围缩小到了县里，拐爷就关注市台的天气预报了。经大伙验证，都说市台的天气预报真准。

5年前，县里也有了电台，在县新闻之后也有个天气预报，县里的范围缩小到了乡镇。拐爷就关注县台的天气预报了。经大伙验证，都说县台的天气预报真准。

　　1年前，镇里也有了电台。镇台也准备在镇新闻后弄一个天气预报。镇里下面的范围就是行政村了。可行政村没有配备测量天气的设施。镇里电台本来要放弃天气预报这档节目。可镇长说，没有天气预报还算什么电台？镇长还说，我们村里没有天气预测设备，可我们有经验老道的农民啊，他们在没有电视以前不也能够预测一两天的天气吗？

　　为了把镇台的天气预报做好，镇长指示，各村选一位有经验的老农，预测本村的天气，为了体现各村天气不同的特点，要求每个村上报的天气数据尽量要有差别。镇长说，每个村的天气预报相同，我们还做什么天气预报？

　　这就是村主任找拐爷的原因了。

　　这以后，镇台的天气预报弄得有模有样。据说镇台先根据村民的预测，再把这个数据和上级的天气预报结合起来弄平均，这就是各村的天气预报了。镇里还说，对每个村上报的数据与实际天气进行对比，对预报准确和误差大的村进行奖励或处罚。

　　拐爷一直纳闷，现在每个电台都有预报，镇里还预报个球，以后村里有电台，是不是每家的天气也来预报？我现在都八十多岁的人了，头昏脑胀的，与农作物接触也少了，哪里对天气还有敏感？再说民间预测天气的土法子还管用吗？

　　但没有办法，这是镇里的命令，说没有弄好要扣村里的钱。

　　拐爷一不做二不休，就想把县里报镇里的天气数据抄过去得了，镇里和村里有啥区别？可拐爷一想，怕别的村也这样弄，那么数据不就相同了吗？那就把市台的报上去，一想还是近了些，不行。拐爷想，中央台报省城的天气数据总没有人要吧，拐爷干脆每天把中央台的数据报给镇电台。

　　半年下来，镇电台表扬了几个天气预报数据准确村。

　　令拐爷惊奇地是，拐爷所报的天气数据经过与实际天气对比验证，准确率竟然是全镇第一名！

那年丹桂

一缕馨香透过窗棂，悄然洒落在温馨居室的每个角落，在芬香中，才发现院子里的丹桂正恣肆地绽放。

哦，又是一年的丹桂飘香的季节！

又是一年丹桂香。我在家门口的林荫道上徘徊，想起那年的丹桂约定。

18岁那年，高考失败的我，不忍心看到家里又一次张罗着借钱帮我复读，自尊心迫使我要靠自己的努力闯出一片属于自己的天空。

我孤身一人，瞒着家人和朋友，踏上了南下的列车，经过一夜的颠簸，我来到广东一个叫龙岗的镇，我在寻找我曾经的初中同学。当我满怀信心地朝他们厂里走去的时候，迎接我的门卫说，你要找的人前两天刚刚离开了。我追问门卫，他哪里去了。门卫无奈地对我摇摇头。

我开始沮丧，几个星期前，我还给同学来过信，约好了我会来这里找他，可现在竟然不知道他身在何方？我心情憋闷，面对着满街的车流，我像掉入海水中的一只小鸭，茫茫的海水，哪里才是我的归属？

或许自己太过于年轻气盛，离家出走时坚信自己能够赚到回家的路费，可现在，才发现裤袋里早已空瘪瘪的。我在这家工厂门前徘徊，在这个异常陌生的城市，我真的不知道自己该何去何从。傍晚了，工人簇拥着下班了，他们三三两两地走出大门，我张目细视，真期待我的同学会出现在他们之中，可最后我只能失望地收回找寻的目光。

我只好提起行囊，去哪里？我心里一片茫然。我能够去哪里呢？回家，家远在千里之外。找同学，可茫茫人海，哪里可寻？我感觉天空下雨了，可夕阳正明晃晃地挂在天空，原来是自己不知道什么时候已是泪眼模糊了。

迈着沉重的步伐，我还是要离开了。当我行囊扛在肩头的刹那，我听到一个声音在呼唤我。我回头一看，面前红男绿女的脸孔一片陌生。我转过身去，可声音再次响起，是一个披着长发的女孩怯生生地在呼喊我的名字。我诧异，眼前的这个青春亮丽的女孩我真的没有见过。

她真的是叫我。原来，她是我那同学的老乡，我以前写信，寄照片给同学的时候，她曾经也看到过，她还说特别喜欢看我写给同学的信，文字优美，充满温馨。所以她一看到我就感觉在哪里见过，就试探性地呼唤了两声，想不到还真是我。

她告诉我，她叫菲，来自赣南。我把我的情况告诉她。她把我安顿在她的一个老乡租的房子里。我每天的吃喝都是她负责，我有点过意不去，但她却认为是应该的。

几天后，她们工厂正好歇工，我求她帮我去找一家厂上班。她说，你还是玩些天再回去吧，你一身书生气，是不适合打工的。我告诉她，我不愿再回去了。倔强的我相信自己不上大学也能潇洒地生存下去。

在我的苦苦相逼下，她终于答应了我，很快就帮我找到了附近的一家电子厂。

我在电子厂里负责产品质检，每天在流水线上奔波。几天后，枯燥的程序化操作让我感到没有一丝新意。

工厂旁边有个公园，公园里有座小山，每天黄昏，下班后，我都会去公园的小山上散步，漫步在晚霞中，一阵阵馥郁的桂花香，让我情不自禁地想起了高中时一幕幕的美好回忆。

菲每天下班后，也喜欢到公园里散步，在和她的聊天中，我知道她也曾经读过高中，由于没有考上大学来到这里打工。我问她为什么不复读，她摇摇头，默默无语。

那时，小山的顶端，几棵高大丹桂正飘香，香气远溢，在山脚就能感触到它们的芬香。我乘兴写了几首桂花的小诗给菲看。她说她很喜欢我的诗，还戏称我为"大诗人"。每天傍晚，我们坐在丹桂树下，谈论我的诗歌以及关于丹桂的轶事。

有一天，她忽然问我，你真的喜欢丹桂吗？我回答当然，她告诉我，她家的门前也有几棵丹桂树，每年的这个时候，整个房子都沉浸在桂花的馨香中。

我说，好啊，什么时候去看你家的桂花树好吗？她没有回答我，说，你只要答应我一个条件，我就答应你去我家看丹桂……

工作一个月下来，我发现生存并没有想象中的那么简单，单位给的工资不高，自己还要租房，一个月下来，积赚不了几个钱。特别是看到单位的大学生每天都在有空调的电脑室工作，工作轻松工资又高，我一脸的艳羡。

我打理行李准备离开，但我忽然发现自己一颗莫名的种子悄然萌芽，有一个披着长发的身影在我空暇的时候总是占据我的脑海。

我把准备好的行囊打开，重新加入到了流水线的工作。她仿佛看透了我的心思。一天下午，她凄然对我说，单位扣了我两个月的工资了，我准备辞工离开这家工厂了。

我以为她开玩笑，可几天后，我真的没有见到她了。她托人给我带了一封很简短的信：回去吧，大学的门一定会为你敞开的！

九月的天空，每天的丹桂飘香依旧，可在公园丹桂树下只留下了我孤单的身影。我还是不愿离开，我在等候一个身影的重现。

一个阳光的午后，我收到了她一封来信，她告诉我，三年前的一场火灾，烧毁了她的全家，也毁坏了院子里的丹桂树，那时正读高三的她，由于父母的伤残而不得不辍学……

她在信的最后说，我准备回老家去了，一年后的丹桂飘香的九月，我一定邀你到我家院子里去看重新绽放的丹桂花，记住，大学入取通知书就是你欣赏丹桂的门票。

带着这份温馨的约定，我踏上归程的路。我重新回到了熟悉的校园。可万万没有想到的是我们彼此竟然没有告诉对方的家庭地址。

数年过去了，丹桂几度花开花又谢，如今，又是一个九月天，她是否依然在家里的院子里，沉浸在丹桂的芬香中，默默地守望那个未了的约定。

哑巴父亲

父亲哑了。当他二叔把这个事实告诉乡里人的时候，乡里人的嘴巴惊愕得半晌都没能合上。

那时，父亲在十里八村可是个大"名人"，谁不知道父亲有张油滑嘴？

父亲的嘴唇灵巧如簧，舌唇之间翻云覆雨，上能入苍穹，下能探深海。古今中外事，千奇百怪物，父亲双唇狂揽。他逮到一个人能够说上老半天，哪怕是过路的陌生人。自从母亲去世后，父亲虽然少了最忠实的听众，可父亲喜欢高谈阔论的嗜好还是没有改变。大人没有空闲听他说，他就到上学的路上去和小朋友说。小朋友们上课去了，父亲对着门前那棵老槐树也得讲上几个小时才罢休。

那年，他结婚了，接着孩子也有了。他把父亲从偏远落后的农村接到了光怪陆离的大城市。

在自己新开的公司上班，事务多，应酬多，他忙。

妻子也忙，当然她忙的是购新衣服，泡吧，美容，瑜伽，逗猫溜狗……所以照看儿子小宝的重任就落到老父亲肩上。

那天，父亲对小宝说，乖，孙子，爷爷给你讲个小人书上的故事。小宝抖了抖眼镜，回了一句，小人书上的故事有动画片里的故事精彩吗？父亲不知道动画片是何物，他想城里孩子喜欢看的动画片一定比乡村孩子喜欢看的小人书更棒。

父亲哑然。

有雨的一个午后，父亲和小宝一起看电视剧，一部哑巴男人的电视剧，是李雪健主演的《搭错车》。手舞足蹈的小宝忽然觉得哑巴很好玩，可自己身边却没有一个哑巴。小宝说，爷爷，哑巴真好玩，你装一次哑巴好吗？

父亲认为很荒唐，不愿意，可小宝不依不饶，竟然嚎啕大哭。为了逗小宝开心，父亲勉强装了一回。父亲模仿哑巴"咿咿呀呀"比划着和小宝交流。小宝拍手叫好，欢天喜地。从这次后，一不开心，小宝就会想起爷爷做哑巴的可爱，也非得要爷爷做一回哑巴不可。任何时刻，小宝见到"咿咿呀呀"比划着的爷爷都会破涕为笑。

日子久了，父亲就想，我是正常人，天天做哑巴和孙子交流成何体统？

那次，在吃晚餐时，父亲终于宣布自己不再做哑巴了。可儿媳和孙子却不答应。小宝竟然把餐桌上的碗筷洒落一地，痛哭了起来。看着心爱的儿子哭了，妻子撅了父亲几句，要你做就做，哑巴有什么不好，做一次哑巴能损失你什么？再说，你的普通话不标准，和小宝交流多了会影响他学习标准的普通话……

还愣着干什么！没看到小宝在哭？他剜了父亲一眼。父亲于是又咿咿呀呀比划着和孙子交流了起来。

中秋节那天，乡下的他二叔捎上一些农产品到城里来看望父亲。一见面，父亲激动得咿咿呀呀比划着。

二叔说，大哥你比划干啥？说话啊！父亲张开双唇，可开阖的嘴唇只能发出"呜呜"的嗓音，犹如二泉映月般呜咽。他们似乎发现父亲哪里不对劲，赶紧把父亲往市里最好的医院送。

医生给父亲作了一个全身检查，任何一个部位都没有放过，但却没有查到父亲不能说话的任何病因。他们没有放弃，去了省城最好的医院，但结论却是一样。

父亲哑了，父亲真的哑了！

中风的父亲

　　早在三年前，父亲就因为中风，意识模糊，半身不遂了。但他看上去与健康时无异，依然是眉慈目祥，长髯飘飘，一副得道高僧的模样。父亲常年教书的缘故，现在他嘴里常说的是"好、不错、对"，几个他以前经常表扬学生的短句。

　　母亲早逝，我们兄妹三人也都成家了。由于都要上班，照顾父亲成了一大难题，也请过几次保姆，但由于父亲人高马大，大小便不能自理，很多保姆干了几天就直说累。

　　没有办法，我们只好请做临时工的小妹来照顾，但一段时间下来，小妹也有怨言。

　　我们正为父亲的事焦头烂额。

　　那天，多年不见的表哥来我们家看望父亲。

　　表哥问父亲身体好吧？父亲含含糊糊地说，好！表哥再寒暄了几句。父亲不是回答好就是回答不错。表哥很快就明白了父亲的病状。

　　表哥看到自己的舅舅这个样子，也忧心忡忡。不过他很快说，反正自己家里请了一个保姆照顾孩子，就让父亲先到他家去住一段时间吧。表哥特别热情，再说父亲也算是他的舅舅，我们就同意了。

　　表哥接走了父亲。我们一家暂时也喘了一口气。

　　我们兄妹几个不断打电话给表哥，询问父亲的情况。表哥一直都说好，让他多住一段时间。我怕父亲在表哥家呆久了，让人生烦，多次说要去把父亲接回来。但热情的表哥总是说，你父亲现在精神好多了，让他再住一段时间。我猜这肯定是表哥的客套话。

毕竟父亲是中风病，长时间在表哥家照顾不妥。国庆长假，我打算去把父亲接回来。

我借了一辆车直奔表哥家。一到他家，发现大门紧闭。我纳闷了，父亲哪里去了？打电话给表哥。表哥说，不要急着回嘛。我们单位组织外出旅游活动，我正带你父亲在外旅游呢。表哥诚挚地说，你放心，你父亲他毕竟也是我的舅舅啊。

我一阵感动，对表哥充满感激。

我驱车回家，到路上，忽然想起了给感冒的儿子买点药。前面正好有家药店在搞促销，锣鼓喧天，很是热闹。

我走进这家药店。因为开消炎药要医生的处方，我来到一角的驻店医生处。可我竟然发现了父亲！但细看又不是父亲，他穿着一身白大褂，戴副啤酒瓶底似的近视眼镜，雪白的头发。父亲没有近视，头也秃了大半。

我一看墙上的简介，他叫周大光，是市某医院外科主任医生。我直纳闷，这人太像父亲了。

周大光大夫身边坐了一位护士模样的年轻妇女。

我问周大夫，我儿子感冒了要什么药。身边的护士马上接过话头，先开点阿莫西林吧，护士问了一下周大夫，是不是？周大夫说，不错。边说边露出慈祥的微笑。我觉得他的微笑也像父亲，我真怀疑就是父亲，可人家药店简介上白纸黑字明写着是周大光。护士每开一次药都要问周大夫，是这样吗？周大夫不是回答是，就是回答好。护士帮我开了很多药。我离开药店的时候回头一看，周大夫呆呆坐在那里，脸部扭曲异常。

一天，忽然接到表哥的电话，说，你父亲在家里晕倒了，我正往市第一医院送，你们赶紧来！

我和家人匆匆赶往医院。这时父亲已经被送进了急救室。我们在大厅里候着。表哥也在责怪自己。三个小时后，护士把父亲推了出来。双眼紧闭的父亲身着白大褂，苍白的光芒刺糊了我的双眼。

局长开中巴

半年前，局长家买了一辆客运中巴车，专门跑市郊线。可半年下来，钱没有赚到，各种花费还贴进去了不少。索性，局长说把车子停到家里算了。

局长平时不喜欢请专职司机为他开车，喜欢自己驾驶。那天上班，正好局长的专车发动机坏了，局长就驾驶自己家里的中巴车来局里上班。

下班时，天突然下起了滂沱大雨，我们局里有些骑自行车的同志无法回家。局长看到了，说，正好我今天开中巴车来了，我送你们回家吧。

我们都说好，于是全部上了中巴车，本来我们坐公交车也要车费，我们就对局长说，坐你的车，油费总要算一点。局长责怪道，这点油算什么？算了！可我们哪里敢揩局长的油，你三块，我五块，把钱拼命往局长怀里塞。

第二天，局长又兴致勃勃开中巴车来上班。在下午的全体职员会议结束前，局长补充说，以前我每天开专车来上班，要浪费局里不少开支，以后我还是开自家的中巴车来，随便还可以接送一些没有私家车的同志上下班，这样不是更好吗？

既然局长这样说了，我们这些没有车的职员只好每天坐局长的中巴车上下班了。开始的时候，局长说，钱一定不收，但我们不同意，哪里能让局长自己掏腰包方便我们？

局长说既然你们要给钱，就像坐公交车一样给吧。

过几天，局长还真煞费苦心的自制了一个投币箱，投币箱上面写着：票价一元，自备零钱，不找零。

　　我们这些坐车的人，上车以后就投币了，很方便，像坐公交车。

　　那天，局里召开了全体职工会议，局长在会议结束的时候补充道，现在我们整个社会都在讲节约、讲环保，可我们单位很多同志，不管路远还是路近，动不动就开私家车来上班，一派官僚作风，与倡导的节约型机关、环境友好性社会相差还很远，我们在节约、环保这方面一定要给市民带个好头。

　　第二天，我们单位那些有私家车的都不敢开车来上班了。上下班都坐局长的中巴车，局长的中巴车也仿佛成了我们局的接送车。

　　那次，单位小胡投币的时候掏出一张10元的，说没有零币，他对着坐在驾驶位置上的局长说，我只好投10元了。局长微笑着说，下不为例，以后要记得带硬币了！

　　第二天，单位的小王掏出一张50元的，说没有带硬币，毫不犹豫地投了下去。跟在小王后面的小方赶紧掏出一张100元的，投了进去。

　　我们一看形势不对，忙把手里一块的硬币藏起来，谎说没有零钱，从钱包里掏出100元的，当着局长的面投进箱里。局长总是微微一笑，说，下不为例，明天一定要记得带零钱了！

　　不久，单位要换届选举了，有几个老科长要退休了。单位的人都在摩拳擦掌，伺机而动。

　　那天，小胡一上车，投完硬币后，还把一个厚厚的信封投进出。局长奇怪地问，投硬币就可以了，你还投信封干什么啊？

　　小胡结结巴巴回答，我想，我想利用这个箱子给局长提点意见。局长惊奇地对着小胡说，这样给我提意见？小胡说，应该可以吧，这样不是更方便吗？

　　局长看到塞进去的长方形的，硬硬的信封，说，嗯，不错，有创意，还是小胡脑子活。

　　第二天，几乎所有坐车的人都用厚厚的信封给局长提意见了。

　　……

不到几个月，局长家就造起了一幢非常豪华的别墅，可局长也因为种种原因内退了。

　　内退后的第二天，局长还是开中巴车来上班，可乘车的职工一个也没有，中巴车上的投币箱空荡荡而来，空荡荡而回……

问　路

　　老伴又一次对老林说道，老头子，还是多带点钱去稳妥……话还没完，老林啐了老伴一句，你有完没完？都唠叨一个上午了，再说，路不是长在嘴上的吗？

　　老林的儿子在市区开了一家餐饮店，好几年都没有回过家了。老林想腊月给儿子捎一些土特产过去。老林不识字，只好带上写了儿子地址的纸条上路。

　　老林身上穿着褪了色的青布棉袍棉裤，脚上穿着儿子上次留在家里的一双皲裂的皮鞋。皮鞋样式虽然很新颖，但儿子遗弃它的时候已是鳄鱼嘴裂。老伴把两蛇皮袋土特产捆好后。老林一前一后扛在右肩就上路了。

　　下车一出站，老林感觉到自己是落在汪洋大海里的一只土狗，面对高耸的楼房、迅疾的车流，老林满目茫然。

　　路是长在嘴上的！我还怕找不到儿子？

　　听儿子说，他的店在城西。老林在原地比划了一下：左西右东，上北下南。可城市的太阳被高楼挡着了，原始的方法不管用。该向哪边？老林想，儿子的店肯定是开在城市最繁华的地段。老林决定往最宽敞的路走。

　　走了半晌，都是写字楼，老林拐进了一条人多的道路。人老了，扛两个蛇皮袋就气喘吁吁，想当年，老林在生产队的时候，肩挑三百斤稻谷还是健步如飞。

　　老林把蛇皮袋放在一棵大树底下，他准备歇会儿再问路。老林上下打量这个城市。高楼比村后的小山还高，每个店面都是落地玻璃装饰，在灯光的照耀下，流光溢彩。街道整洁干净，来往的人群也打扮得时髦靓丽。老林想，儿子儿媳还有孙女肯定也是穿得这样漂漂亮亮的。

该问路了，老林掏出纸条。

一个年轻的女孩子走了过来，耳朵里塞着 MP3，老林还没有开口，女孩已经疾步而过。

一个手提公文包的男子路过，老林马上凑了过去。男子大骇，往后退，并嘲讽道，长得丑不是你的错，出来吓人就是你的不对了。

这时的老林还真有点像乞丐，两个蛇皮袋，一双烂皮鞋，特别是扛蛇皮袋时流下的汗水正散发出臭味。

老林想，年轻人不行，找个中年人试试。一个中年妇女牵着一个女孩过来了。老林汲取了前次的教训，只是远远地挥了挥手，问，女同志，这纸条上的路怎么走？妇女没有停下来。小女孩停滞了一下，说妈妈，这位老大爷叫我们噢。母亲剜了女儿一眼，说上学马上要迟到了。

老林默默地看着娘女俩离去。

还是吸口烟再问吧，掏出别在腰带上的铜头烟管、装满烟丝、淬上火，老林坐在蛇皮袋边吸了起来。

吸完，老林重新站起。

老林想，找一位和自己年龄相仿的问吧。一位老同志正好路过，老林移步向前，拍了拍肩膀，说，同志，这纸上的路怎么走？老同志被老林的亲热的举动吓了一跳，他盯了老林半晌，问，乡下来的吧？老林嘿嘿回答，是的。老同志继续责问道，城里能这样打招呼吗；再说，你看看你这手，拍在我肩头，看到那些污迹了吧，是要到干洗店才能洗干净的；还有你问路对吧，问路不能先礼貌地说，对不起，打扰一下；还有，你刚才说我什么？同志！你知道现在同志是对哪种人的称呼？……老人越说越气。显然是位刚退休不久的领导干部。

路没有问到，老林反而被老年人教育了一顿。

老林回到了大树底下。

这时，天色已晚，老林决定往四处再走走看。他希望儿子能在街上看到他。四处折腾了几圈，老林还是回到了这棵大树底下。

有一个骑摩托车的过来揽生意。老林想问一下他纸条上的地址。骑车的人接过地址说，这地方有点远，20 元包把你送到。老林这才后悔没有听老伴的话多带几个钱。现在自己身上是一个多余的硬币都找不出来。

好几个揽生意的人过来问老林，一听没钱，他们头也不回就离开了。

华灯初绽，望着来往的人流车流，老林已是饥肠辘辘。买点东西吃吗？可口袋里没有钱。可以吃蛇皮袋里的土特产啊？可老林想这些都是儿子一家的最爱。

老林站起又坐下，坐下又站起。对面有家餐饮店饭菜的香味掠过街道飘了过来。

夜生活如火如荼在老林身边上演着，老林孤零零地坐在大树底下。

对面那家餐饮店里，一个小女孩问妈妈，那个老人从下午到现在都没有吃饭，我能装点剩饭给他吃吗？父母呵斥道，这样的人满街都是，你装得来吗？还不赶快去完成你的家庭作业。小女孩把刚伸出来的头缩回到玻璃门中。

午夜了，老林再也没有力气站起来，他只是拼命吸着烟管。饥饿的肚皮早已唱完几套山歌，可老林的手还是紧紧地捏住袋口。

腊月的夜晚寒气逼人，凌晨时分，阴霾的天空飘雪了，雪花在路灯的辉映下，晶莹剔透。

第二天早晨，在茫茫的大雪中，人们发现了树下的老人，他左手紧握纸条，右手紧捏蛇皮袋。

有人报警了，呜呜的警车划破雪晨的宁静。

警察把老人干硬的两只手掌扳开。在左手中，他们发现了一个写了地址的纸条。

令人迷惑不解的是：纸条上写着的地址正是街对面那家唯一的餐饮店。

 # 我的婶婶叫方菲

二叔娶了一个城里姑娘。二叔把城里娶的婶婶带回老家。见到婶婶第一眼，我和村里孩子的眼睛都晃晕了。山里的毛孩，哪里见过这般漂亮的人儿？这以后，我梦里的仙女的原型就变成婶婶的模样了。

婶婶第一次和大家说话的时候，我们都听得很不习惯。婶婶说这是普通话。接着她又用普通话告诉我们，她的名字叫方菲。

大伙一听，惊讶了，好像都没有听清。婶婶方菲又介绍了一遍。我们村里哪有这样好听的名字？我们村里的女孩子，都是什么花，秀，莲、兰的，说有多俗就有多俗。

婶婶的名字多富有诗情画意，让读过古诗的我想起了，人间四月芳菲尽，山寺桃花始盛开。让我想起，草长莺飞二月天。

婶婶问我什么名字。婶婶一听我的名字是二狗，马上说，太俗气了，得改，不改到城里要被别人笑话的。婶婶热心地给我取了一个名字：志翔。父母竟然也同意我用这个名字。

婶婶一来，我们村里的妇女好像都在乎自己的外貌和衣裳了。有人甚至偷偷地和自己的老公操练起了普通话。

那天，我和隔壁的三娃吵架，我们对骂起来，很粗俗的那种。婶婶听得脸都红了，责怪我不懂礼貌，不害羞，说脏话。

婶婶给我讲了很多文明做人的道理，特别是婶婶还不厌其烦地教了我很多标准的普通话。

我小学毕业了，婶婶来我们村里生活已经3年了。婶婶还是坚持说着城里才有的普通话，即使有人背地里嘲笑，她依然如故。村里的女人

既艳羡又嫉妒。

　　我考上中学那年，父亲调到城里工作了。我们一家都进城了。在城里的学校，学生和老师都讲着标准的普通话。我就想起了我的婶婶方菲，感谢她对我普通话的启蒙教育，我也时常想起了婶婶那个富有诗意的名字。

　　不久，我就考上了大学，很快大学也毕业了。我也在城里也娶了一个像方菲婶婶一样能说标准普通话，有着诗意名字的爱人。

　　那年，我带着爱人孩子回到阔别多年的农村老家。我告诫我的爱人和孩子，见到方菲婶婶一定要说普通话。方菲婶婶看到我们一家都能讲标准的普通话肯定会开心极了。

　　在一个布满青苔的井台边，我们见到方菲婶婶。我马上用普通话叫了一声：方菲婶婶，你好！

　　方菲婶婶剜了我一眼，用家乡土话丢来一句：靠，多年不见，你二狗有出息了啦，在婶婶面前也打官腔？

　　说完，方菲婶婶把脸别了过去，和身边那群捣衣的妇女叽里呱啦地嘲笑我。

　　我伫立原地，一枚枯黄的枣树叶飘过我的眼帘。回望井台，在这群妇女中间，我发现方菲婶婶的背影和其他妇女的背影交织、迷离在我眼前。

敝履之哀

父母有好一段时间没有来我这里玩了，每次打电话回去，他们总能找到理由说没时间。不是说田里割稻子正忙，就是说邻居王大妈嫁女儿需要帮手。

其实，我知道他们是在逃避什么……

老婆生孩子期间，母亲来我这座城里住过一段时间。我们住的小区附近有一块空地，看到邻居们都去那里开荒种上一些蔬菜，母亲也坐不住了，她带上简易的劳动工具也去那里开辟了几垄地，并种上了几种蔬菜。我们小区去那片蔬菜地要横穿一个街道，街道上常常车流不息。

开始的时候，母亲不懂得如何过马路。她就跟着邻居们一起去。慢慢地，母亲也知道了过街道要走斑马线。母亲对我们说，真是神了，人走在斑马线上，所有的车都会停下来让你，城里真好，不像乡下。

母亲知道了这点之后，接下来的一段时间，她就自己单独一个人去菜地了。

那天，我站在窗口，看着穿着一身农家服的母亲从菜地回来。母亲经过斑马线的时候，所有的车不但没有停下来反而拼命往前冲，母亲站在马路中央，被车子团团包围，吓得面如土灰，就像汪洋中一条孤立的船。有些司机还摇下车窗，对母亲吼，我猜他们肯定责骂母亲这个乡巴佬在这里窜什么窜……不看路，想找死啊……

母亲可能永远不懂，为什么城里的那些老太们能潇洒自如地过斑马线，而她却不能……

父亲第一次来我这里是去年夏天。父亲来的时候用扁担挑了两大麻袋土特产给我。父亲一下火车就准备搭公交车，第一次，他上错了方向，可是售票员收完父亲的车钱后才说，你方向反了。父亲说，我下去，可你钱要退给我啊？售票员生气地说：上了车就要买票，这都不懂吗？真是下乡人。接着售票员还责怪父亲乱上车，随即把父亲轰了下来。

父亲于是到了另一个方向去等车。公交车一到，父亲就把担子往上挑。可是售票员一看到父亲沉沉的担子就说，大伯，等下一辆吧，这辆车太挤了，边说边用手挡住父亲上车的路。就这样，父亲等了近两个小时，没有一个售票员让他上公交车。最后，父亲只好步行近 10 余里的路，挑着重重的担子来到我的住处。年近 70 岁的父亲来到我这里的时候，身上的衣服找不到一根干纱。

这使我想起了母亲第一次来我们这座城里的一件事。母亲上火车的时候，人太拥挤，就在上车的刹那，母亲一只鞋被下了车，可后面的人还是源源不断地涌上来，等上完人之后，火车就开动了。同座的人看着母亲穿着一只鞋，都说，你不可能穿一只鞋去你儿子那里吧？还是扔了下车后另外再买一双吧？母亲于是就把这只鞋扔到了车外。过了一会儿，一个人提着一只鞋过来了，说，刚才是谁的一只鞋挤到了车下？原来是一个好心的乘客把母亲挤掉的那只鞋捡到车上来了。母亲认了她的鞋，周围的人又说，刚才那只鞋都扔了，现在留这只鞋还有什么用？也把它扔了吧。没有多说，母亲打开车窗，又把这只鞋扔了出去……

我想我乡下的父亲母亲就像那双鞋，先后被城市这列火车甩离。当然被城市这列火车甩离的还有许许多多这样的乡下父亲和母亲。

# 大卫代诊

张总来电话的时候大卫正在外面午餐。张总说好，正好代我去医院一趟。张总说自己正在应酬，一时半会抽不出时间去医院。张总要大卫替自己去代诊一下。大卫纳闷道，这怎么能行，生病了还能代诊？张总说，没事的，以前很多事情不都是你代我去的吗。

大卫一想，确实如此。张总虽说是公司里的一把手，大卫是公司一个普通的办事员，可张总一直把大卫当作最可信赖的下属看待，很多事情张总也放心让大卫去做。大卫每次都能把事情做得滴水不漏，这也深受张总的喜欢。

大卫疑惑，生病了怎能代诊？电话那头的的张总发话了，说大卫兄弟，你就帮帮我吧，我实在是身不由己啊。张总这是在请求大卫了。大卫不好再推托。

于是，大卫问张总哪里不舒服。张总说肚脐眼下面隐隐作痛……

喂，喂，大卫问张总，你能说得具体一些吗。可电话里传来嘟嘟的声音。大卫回拨张总的电话想再详细地问清病情，张总的手机停机了。大卫想，肯定是张总的手机没电了。

大卫赶紧来到医院的挂号窗口。工作人员问他挂什么科。大卫支支吾吾了半天才说，我朋友说肚脐眼下面隐隐作痛。

工作人员很快就帮他挂了号。大卫一看，怎么会是性病科？

大卫本来想询问工作人员是不是挂错了科。可后面的一位臃肿的女士早已挤占了狭小的窗口，后面黑压压的挂号队伍也用火辣辣的目光瞪着大卫。

大卫只好来到五楼的性病科。一进去，大卫就对大夫说，我朋友说他肚脐眼下面隐隐作痛。大夫二话没说就按住大卫躺在床上。大卫忙争辩道，我是替朋友来看病的，不是我。大夫说，来这里的人都是这样说。

大卫再想争辩，大夫已经利索地褪下了他的裤子。大卫的下半身已经裸露。大夫用器械东拉西扯，最后用镊子敲了数下，问大卫痛不痛。大卫说不痛。大夫说还好，属于早期患者。大夫再敲了几下，问，痛吗？大卫说，微微灼痛。大夫说，这就对了。

大夫叫大卫把裤子穿起来。大夫问大卫，发现痛感多久了。大卫说，真不是我，是我朋友要我来的。大夫说，没事，我们这里保密，你不用担心。大卫坚持道，真不是我，是我朋友生病了，你不要弄错了。

大夫说好好，是你朋友，不是你。

大夫再问，最近发生过不洁性行为吗。大卫辩解到我还没有结婚呢。大夫说好好，那你最近什么时候住过宾馆。大卫一想，说一个月前住过。

大夫说那好，你去化验一下。大卫说凭什么要我去化验，是我朋友生病了啊。大夫说，来这里的人都这样说。大卫愤怒地对大夫说，真不是我，是我朋友。

大夫丢下一句，是你还是你朋友一查不就知道了？大卫一想，也有道理。

很快，大卫拿着化验单过来了。大夫一看，还嘴硬说是帮朋友看病呢，你看看，你多项指标都异常了，再晚点来就要出大问题啦。

大夫给大卫开了数剂治疗性病的药。

大卫提着药神情恍惚，左右为难。

大卫还是决定先回单位。刚到单位门口，大卫就碰见了张总。张总看到了大卫手中的药。张总说，刚才我还以为什么大病，我只是上了一次厕所，肚子就不痛了。张总说真是难为大卫兄弟了，快把药给我。

大卫说什么也不肯把药交给张总。张总说，你为我代诊，药不给我给谁？大卫想把药藏在身后，可人高马大的张总一把就夺去了。

 # 一书的温暖

初中毕业后，我一直流浪到 19 岁那年才有了一份临时的工作。工作的地方是邮局，任务是报刊的送递。

报刊的送递很辛苦，风霜雨雪，每天都要按时把报刊送递到订阅者的信箱。

骑着绿莹莹的自行车，每天驮着两袋沉重的报刊，年轻力壮的我感到趣味盎然，但这种幸福是短暂的。临时工待遇的落差，让我感到了工作的乏味，特别是在遭到客户误解的时候，我会感到莫名的委屈。

我负责的社区订阅报刊的人不算太多，但由于人口基数大，每天的量也相当可观。大部分人订阅的都是情感类、通俗类或时政性报刊。只有一位老人订阅了一份纯文学期刊。正是这本期刊让困顿中的我望见了一缕生活的曙光。我有时候真羡慕老人能看上文学类刊物。因为我也曾经迷恋过文学。

那还是初中时，我时常溜到学校的阅览室，如饥似渴地阅读我酷爱文学书刊，有时也偷偷地模仿文章上的内容写一些自己喜欢的文字。

或许太过于沉浸在文学之中，我中考落榜了，并开始了我人生的初次流浪。在流浪中，我渐渐的远离了曾经的阅读爱好。

每次送老人的那份纯文学期刊时，我总喜欢把车支在社区的一个草坪边，把这本杂志的内容浏览个大概。慢慢地，我发现自己爱上这本杂志上的文章。

为了能够看上老人的杂志，我故意放慢老人杂志的投递速度，目的是让自己能够看完喜欢的文章。

那次，杂志第 5 期上的一篇文章我特别喜欢，反复看了这篇文章后我产生了一个可怕的念头，把这期杂志占为己有。我为这个念头感到后怕，因为万一被老人投诉，我可能要丢掉这份难得的工作。

强烈的占有欲望击败我脆弱的理性，我决定铤而走险，把杂志截留。

日子一天一天过，老人好像没有发觉似的。我截留杂志的恐惧开始慢慢消融。不久后的一天，我又被杂志第 9 期上的一篇小说迷得神魂颠倒，占有的欲望又一次掩埋了我的理智。

一阵冷风吹来，大雪纷飞，我发觉年终就要到了。在这段日子里，我很怕见到那位老人。我记得一次，老人碰到了我，欲言却休。

又是一年春草绿，在阅读老人杂志的过程，我产生了书写的冲动，我写下了我平生的第一篇小说，幸运的是这篇习作在市报的副刊发表了。当我看到自己的文字变成铅字后，我喜极而泣。那段日子，每次送递报刊的时候我都一路轻舞飞扬。

新一年投递工作又开始了，老人竟然把他喜欢的文学期刊订阅了两份。我心里揶揄这个怪老头——嫌自己钱多。我也埋怨自己的工资太低，要是多点自己也可以订几份自己喜欢看的杂志。

第二次去送递老人杂志的时候，老人在邮箱里留下了一份上期的杂志和一封短信。

老人在信上说，小伙子，我知道你是个热爱阅读的小伙子。我曾经在路边看到你支起单车旁若无人地阅读。你的阅读让我想到了自己年轻的时候……

最后，老人在信上写道，我多订阅的那份就送给你，小伙子，希望你永远不要丧失你阅读的激情。

我忽然想起了老人那次的欲言却休。我心里有莫名的感动。在那个寒意料峭的早春，那书给了我无限的温暖。

从那以后，我一直固守自己的阅读激情。通过阅读，我发表了大量的文章，手中的笔改写了我职业的轨迹，我破格进了本市的一家报社。

许多年过去了，我一直珍藏着老人帮我订阅的那份杂志。正是书的温暖，照亮了我迷茫人生的前进路。

水自流来云自飞

　　善静禅师从小学习儒家经典，口舌伶俐。27岁那年，忽觉尘世浮幻如梦，于是产生了出世隐逸的想法，他一个人偷偷地跑进终南山，师从广度禅师，落发出家。唐朝天复年间，善静禅师南游参学，去拜访元安寺洛浦禅师。洛浦禅师很器重他早年的才气，并收他为入室弟子。可洛浦禅师却给他一个园头的职务，负责种菜等杂务。

　　有一天，寺院一位老僧来向洛浦禅师辞行。洛浦禅师反问他："四面是山，你又何去何从？"并要他十日之内作答。

　　老僧百思不得其解，那天刚好经过善静禅师打理的菜园。老僧把这件事告诉善静禅师，老僧也很早就知道善静禅师的聪慧，极力请求善静禅师帮他渡过难关。善静禅师只是淡淡地回了一句："竹密岂妨流水过，山高那碍野云飞。"

　　当时，元安寺内高僧云集，能者众多。作为佛僧，对住持一职都有着极高的向往。洛浦禅师圆寂之前，他的弟子对住持一职更是跃跃欲试，虽然不是争得鱼死网破，但火药味也十足。年轻气盛的善静禅师有过当住持的愿望。但那些学问比他高，资历比他老的僧众都讥讽他只不过是一管理菜园的园头，有的还百般挖苦他。善静禅师只好放弃，虽然也有部分老僧支持他，可他还是选择默默地耕耘他的菜园，做好本职工作。

　　在元安寺如火如荼竞争的背后，为了避免寺院僧众的分裂，那个曾经说出"竹密岂妨流水过，山高那碍野云飞"的善静禅师，却选择默默地离开。他来到了京兆永安禅院。不久，凭借其出色的才能，一跃成为了永安禅院的住持。众多僧人慕名而来，永安禅院众僧达500余人，盛极一时。

　　竹密岂妨流水过，山高那碍野云飞。深居人世的我们总是抱怨英雄无用武之地，也总是埋怨自己得不到升迁是因为处处受到别人的排挤。选择默默地耕耘，做好自己的本职工作吧！别人能绊倒你的脚步一时，却不能束缚你腾飞翅膀的一生。相信人生的真理永远是：水自流来云自飞！

 # 大卫找病

大卫从医科大学毕业，要找一份工作了。可现在毕业的大学生真多，就业形势严峻，特别是像医生、老师这种大众职业，几乎是人满为患，想找份工作不容易啊。

大卫东奔西跑，半年下来，要不就是人家医院不缺人，要不就是待遇实在太低，真是处处碰壁。

大卫想，难道读了四年的大学，真像传说中所说的：一毕业就失业？

闹得身心疲惫，可大卫终究还是没有找到属于自己的工作。大卫回到了老家。含辛茹苦的父母看到大卫满脸的疲惫也是干着急啊。大卫读书时家里就欠了不少债，现在是收回成本的时候，可大卫……

老两口是急得团团转，特别是看到大卫的精神日益颓废，这可如何是好？

父母发动了所有的亲朋好友，就连平时八篙子都打不到的亲戚都活动了。但大卫的工作问题还是风筝在天空飞，悬着呢。

那天，热心的村长来到大卫家，对大卫的父母说，我有一个表兄在城里开了一家"牙科特色诊所"，要不我带大卫去那里看看。母亲是磕了两个响头来感谢热心村长的大仁大义。

第二天，村长带大卫上路了。大卫手里提着家里唯一的老母鸡。

来到表兄的"牙科特色门诊"，村长开门见山就说表兄希望你能帮这孩子在诊所里谋个职。

表兄一听大卫是学牙科的，赶忙摆手。我的牙科诊所不缺人啊，两年前进来的一位牙科大学本科生到现在都还在打杂呢。

村长说，表兄，你就帮帮这孩子吧，这孩子家里苦，好不容易大学毕业，现在连个工作都没有，家里日子苦啊。

表兄说，我也同情他啊，但我这里实在没有办法，难道你叫我把人家辞退用大卫吗？再说我们这种私人诊所是按劳计酬的，不像公立医院，多一两个人，工资国家照样发。

村长也觉得表兄讲得在理。无奈，大卫只好准备和村长空空荡荡回去了。

在走的刹那，表兄把大卫叫到了里间，悄悄对大卫说，我是想帮你，就怕你脑子开不了窍，只要你……

听到还有希望，大卫很激动。大卫胆怯地问，只要什么？

表兄对大卫说，只要你奇思妙想，想得到牙科病中没有听说过的三种病名以上，你就可以马上来上班了。

大卫说，牙科常见病不就是龋齿，牙髓炎，牙龈炎，牙周炎这几种吗？表兄说对，就是这几种，但你想的一定要与众不同！我简单启发你一下吧，你看到电视宣传维他命吗，维他命无非就是维生素而已，可人家说得这么玄乎，许多人还以为是什么新鲜玩意儿……

大卫回到家里，把几年来学的牙科书本都搜集了起来，病名还是龋齿，牙髓炎，牙龈炎，牙周炎这几种。

大卫冥思苦想，就是想不到新的病名。那天，大卫忽然想到了表兄诊所的名称，什么"牙科特色门诊"，我看不也就是治这几种常见的牙病，特在什么地方？大卫想，你特我也特，你特色牙科，我难道就不可以特色牙龈吗？

这下，大卫豁然开朗，什么牙龈艾滋，牙龈流感，牙龈 SAS 等一下子虚构了十几种。

大卫马上赶回城里。表兄一听大卫想的病名，连说好，明天我就专门为你开一间门面，就叫"牙龈特色门诊"，你就是主治医生。

第二天，在表兄的"牙科特色门诊"不远处，"牙龈特色门诊"的招牌就明晃晃地挂了起来。主治的病名是：

牙龈艾滋，牙龈流感，牙龈 SAS……

还别说，"牙龈特色门诊"的生意出奇地好，不到半年，大卫就在城里买了一套房子。

那天，大学上铺的兄弟小强来找大卫，说自己失业半年了，能不能在大卫这里谋一份差事。大卫很直接对小强说，不行啊！小强很失望，准备离开。

在走的刹那，大卫把小强叫到了里间，悄悄对小强说，我是想帮你，就怕你脑子开不了窍，只要你能想到新的牙科病名。你就马上来上班了。

小强很气愤，常见的牙病不就是这么几种，我去哪里想什么新的牙科病名？你不是故意为难我吧！大卫叹息了一下，说，看在兄弟的情谊上，我就帮你这个老同学一回吧。大卫告诉小强，明天准备来上班吧。

第二天，小强一来，就发现在大卫"牙龈特色门诊"的不远处，一家"牙龈艾滋特色门诊"的招牌明晃晃地挂了起来，主治的病名是：

牙龈艾滋 A 型，B 型，C 型……

那天，一个患者来到"牙科特色门诊"治牙病。

在"牙科特色诊所"，表兄为患者作了一番检查，开了一通药后，说，你这是牙龈病，为了保险起见，你最好去隔壁的"牙龈特色门诊"看看。

在大卫的"牙龈特色门诊"，大卫为患者作了一番检查，开了一通药后，说，你这是牙龈艾滋，为了保险起见，你最好去隔壁的"牙龈艾滋特色门诊"看看。

……

大卫当官

　　大卫兄弟是和我们一起分配到我现在这所乡村中学的。几年下来，我们在学校里岿立不动，有几位也顶多只混了个年级组长，可大卫这小子已蹿上科级干部的位置了。

　　我们佩服大卫，佩服他为了升官的精神和毅力。我们优哉游哉教书时，大卫总是忙里偷闲，积极向组织靠拢。我们笑他为了升官不惜一切代价。到现在我们都娶妻生子了，可大卫连女朋友也忙得没有时间找。我们嘲笑他是嗜官如命，典型的官痴。

　　但我们一直疑惑，和我们一起读书的时候，大卫对当官没有现在这样热心，是什么让他现在对当官这么痴迷，乐此不疲？是为了地位吗？不像，大卫对地位不太在意。是为了当官发财吗？也不像，大卫为官很清廉，而且一直都很简朴，没有贪污腐化的迹象。

　　那是什么让大卫当官的欲望如此浓烈？

　　作为他最要好的朋友，我也多次引出这个话题，但大卫总是欲言又止。

　　当官后大卫对我们没有任何变化，不像有些人，一当官就变脸，我们在一起还是搂肩拍臂的铁哥们。可大卫还是和我们有些不同，我们好吸烟喝酒，大卫却避之不及，他极力反对吸烟和喝酒，也特别不喜欢外出应酬。

　　大卫说他每次应酬后，总痛心疾首，有种犯罪感。我们取笑他，你是饱汉不知饿汉饥，不愿意去应酬就让我们哥们代你去好了。他总是苦笑着摇摇头，说你们不懂啊！

我们不懂？当官的有几个不喜欢吃吃喝喝应酬？

没过几年，大卫又爬上了局长的位置。那次，我们几个哥们逮到他，要他在大酒店请我们的客。我们觥筹交错，可大卫死都不肯喝酒。我们硬灌他。呵呵，没有几杯，他就红到耳根，开始大舌头了。

我们也乘机盘问他，你这小子当官可是坐宇宙飞船的速度啊，有什么诀窍也教教我们这些难兄难弟啊？

半醒半醉的大卫开口说话了。

你们知道我不喜欢应酬对吧，也不喜欢吸烟喝酒对吧。

我们说，这与当官有什么关系？

大卫说，那我给你们讲讲我父亲和大哥吧。

你们知道吗，我父亲生前是个科员。他一生不好吸烟，可和他共一单位的局长是个瘾君子，他没事就找父亲和他一起抽烟。父亲本想拒绝，可能行吗？局长说你小子连局长的面子都不给？父亲为了能在局里混下去，就开始陪局长大量吸烟了。

父亲后来就是因为吸烟太多得肺癌去世的，可以说，父亲的去世是被局长的烟熏死的。

还有，我大哥年纪轻轻就当上了某副局。他每天的应酬特别多，有了父亲的教训，大哥死活也把烟戒了，戒了烟别人都可以理解，但酒能戒吗？现在不是说喝酒也是生产力吗？大哥为了应酬，天天喝酒，他有办法吗？没有，不喝酒上级领导就不高兴了，说他摆架子。

你们也知道我大哥是一次喝酒过多，导致胃出血抢救无效而去世的。

说到这里，大卫竟然泪水涟涟。

大卫反过来问我们，你们知道怎样才可以不应酬，不吸烟喝酒吗？

我们都摇头。

大卫加重语气说，那就是你的官职永远比应酬的人高！大卫怕我们没有听清，又重复了一遍，那就是你的官职永远比应酬的人高！

大卫再问我们，你们见过高级官强迫低级官吸烟喝酒的，可见过低级官强求高级官吸烟喝酒的吗？官大一级压死人啊！说到这里，大卫感到十分委屈，竟然哇哇大哭起来。

我们纷纷抚慰大卫。不知道为什么，我也突然想哭，不知道是为大卫还是为了自己？

聚餐在午夜结束了，我们都摇摇晃晃准备回家。霓虹闪烁的夜色下，大卫疲惫的背影也渐行渐远了。我默默为大卫祈祷，希望他在官场上的步伐越来越神速。

可我转眼一想：大卫要到什么时候才是个头？

同名人

电话铃响起

"喂，你好！"

"你姓刘？"

"对，我姓刘"

"名会然？"

"是的，我叫会然。"

"你姓名真是刘会然？"

"真的，都23年了。"

"这么着，我和你一名儿，都用了40年了，你能不能换掉？"

"换掉……这个恐怕不行吧？"

"怎么不行，我那帮官场上的朋友都笑话我！"

"笑话你？"

"你不是喜欢写几篇小文章到处发吗？"

"对，我是喜欢写些小文章赚点稿费补贴家用。"

"怪不得，他们都笑我和一个穷书生同名同姓！还有，你也知道，被人取笑的滋味可不好受噢！特别是像我们这种地位的人。"

"这滋味我知道，但……"

"爽快点，你开个价！"

"我不是这意思。"

"十万够吗？"

"这……这……"

"二十万总可以了吧？"

"不想换。"

"再加二十万！"

"多少钱也不换！"

"真的？"

"真的！"

"等着瞧，不换，哼！有你好受的！"

"……"

十年后

电话铃响起

"喂，你好！"

"请问，你贵姓？"

"免贵，姓刘。"

"再请问，你大名？"

"免大，名会然。"

"你尊姓大名真是刘会然？"

"真的，都跟了我33年了。"

"50年前，我父亲也给我取了你这个姓名。"

"哦。"

"现在，我只要在工地上一提起，与我同名同姓的还有一位大作家时，那帮建筑工地上的农民工兄弟没有一个不向我翘大拇指的。"

"大作家？说我吗？我可只是喜欢写点文字而已。"

"看你，还谦虚，谁不知道你的文章红遍全国了！"

"哦？"

"真的要感谢你！"

"感谢我？"

"你可使我也沾光不少啊。"

"噢！"

"再想冒昧问一下?"

"不客气，请说。"

"你有孩子了吧?"

"有个儿子，3 岁了。"

"什么名?"

"干嘛?"

"我得赶紧带我那 18 岁的儿子去派出所户口管理处!"

"……"

二根的稿费

二根收到稿费喽！二根收到巨额稿费喽！

二根收到稿费的消息像定时炸弹一样，在桂花村上下炸开了。

二根确实收到了一张汇款单。

那天，乡里邮递员老王专门来了一趟桂花村。桂花村是个偏僻的小山村，村里既没有人订报刊，也很少有信件进出。只要老王的身影出现在村口，村人就知道一定是谁家来了汇款单。

村里人一看到老王，就围起来问："谁家的啊，老王？"

"二根家的！"

"二根家谁寄钱回来了啊？"

"不是谁寄的，是报社寄来的，是稿费，懂吗？"

乡亲们关心的可不是什么稿费不稿费的，他们最想知道的是那张绿绿的单子上数目有多少。

"老王，能不能说说，这汇款单上的数字是多少？"

老王嘿嘿一笑："这个不能说，这是人家的隐私，隐私懂吗？是不能说，说不得的！"

老王高高扬起手里的绿色汇款单，朝二根家骑去，几个眼睛贼亮的乡亲还是看到了1字后面带了一串0。

"后面有3个0哦。"

"不对，至少有4个0。"

"3个0！"

"4个0！"

……

乡亲们为后面到底几个 0 吵开了。

老王办完手续很快从二根家里出来了。乡亲们又把老王围了起来。

乡亲们都说，这老王，乡里乡亲的，我们既不会偷也不会抢，你就不能告诉一下我们到底后面有几个 0？

老王被乡亲们里三层外三层围得无法脱身，只好用 4 个手指头朝人群挥了一下。乡亲们这才让出来一道口儿。老王像往常一样吹着口哨骑车离去。

俗话说：好事不出门，坏事传千里。可现在这年头，好事也传千里。这不，不到一天的工夫，二根收到巨额稿费的消息就在三乡五里闹得沸沸扬扬了。

隔壁二婶说，我那在县里读书的儿子打来电话说，的确看到二根的文章了，还是登在省城的报纸上哦。我儿子还说，好像有几千字，占了大半个版面！

省城报纸出现的都是大名人的姓名，二根的名字能上这上面，有这么多稿费，乡亲们也就更确信了。

乡亲们纳闷了，这二根不就是一个修自行车的，平时也放不出一个屁来，咋就能够玩这玩艺儿。嗨，人还真不可貌相哦。

还是三娃厉害，一下子就套出来了事情的缘由。

那天，二根帮三娃修好了新买来的摩托车。三娃就请二根去饭店喝酒表示谢意。喝着喝着就醉醺醺的了。三娃问："二根，你这稿费是咋回事？"

二根卷着舌头说："什么稿费，我也不知道是什么玩意儿？"

"那人家报社吃饱了，无缘无故给你寄稿费？"

"我也不知道……哦，哦，我想起来了，上次去省城，就是去买自行车零件那次。我提着大包小包，刚准备去买火车票。一小伙走到我跟前，说大伯能不能帮个忙？我就问他帮啥子忙。那小伙说，大伯，也不瞒你，我们单位马上要评先进集体了，但我们什么先进事迹也没有。这样吧，你只需要在我们写好的感谢信上签个名并留下你的地址，我今天就帮你买车票，你看怎么样？我一看那信上写的尽是些好话。我读过一点书，知道他们就是以我的名义写一封感谢信给报社。我看这年青人也没有什么歹意，而且我还可以省下60多元的火车票钱，我就签了。"

"嗨，还真想不到，省城的报纸把这封信登出来了，这不，稿费就是这样来的噢！……"二根边说边呵呵地笑了起来。

不到三天，整个乡镇都把二根收到巨额稿费的消息传遍了。

一个星期后的一天下午，一辆写着大大"税"字的车子就停到二根家门口了。

门"嗖"的一开，下来两位戴大盖帽的同志，一大"啤酒肚"和一小"竹篙"。

一进二根院子，"啤酒肚"扯开嗓门喊："据群众反映，你收到一笔巨额稿费，按照国家税务的有关条例，你应该上缴一部分归国家所有，这个，你应该知道吧？"

二根赶紧回答到："这个我也听说过，可……"

"可什么？你难道还想抗税吗！"二根还没说完，"啤酒肚"就嚷了起来。

"我，我不是这意思，这……这……"二根赶紧说。

"人家都说上了4个0，难道还不要缴税吗？"

"汇款单上是有4个0，但，但……"二根着急争辩道。

"你不用多说了！我看你还算老实，配合我们的工作，这就对了嘛。"

"啤酒肚"转身对"竹篙"说："宋秘书，你帮我查查，像他这种情况要上缴多少？"

"应该收45%吧？""竹篙"秘书翻开文件夹回答道。

"那好吧，就按这个比例收，不过……""啤酒肚"走到二根身边，悄悄地对二根说："你要不要发票？"

"不要发票什么意思？"二根愣着脑袋问。

"也就是说，你不要我们的正规发票，我给你打个折，收你30%，怎样？"

"这样啊，也……也好。对了，我汇款单还没有去领钱，那我就坐你们的车一起去乡邮局领了再交吧。"

二根和两位同志上车了。汽车刚发动，二根就被"啤酒肚"甩了下来。一个趔趄，二根摔倒在村人面前。

同时甩出来的还有那张绿绿的汇款单。像一只受了惊吓的蝴蝶，绿色汇款单朝着车子开去的方向飞舞。

大伙一惊，三娃赶紧朝蝴蝶追去，捡起来一看，金额栏写着：100.00 元。

"1 字后面还真他妈的有 4 个 0 啊!"三娃朝人群大声宣布。人群开始沸腾了。可三娃再睁大眼睛一看，这 4 个 0 中间怎么被一个小圆点隔开了。三娃拼命想抹去这个点，但他却怎么也抹不掉。

登山比赛

为了迎接劳动节，局里决定五月一号举行一次登山比赛。局里也想借助这次登山活动，掀起各科室全民健身运动的高潮。

局里要求，各科室派 5 名运动员参加，要从讲政治的高度组织好。为此，局里还召集了所有参赛的运动员，召开赛前动员大会。局里领导都参加了会议。他们在主席台按次序而坐。

会议由局长助理主持，副局长首先致词，接下来是裁判员、运动员代表讲话。最后，王局长作总结发言。

王局长说，局里举行的这次登山大赛是一次具有战略意义的比赛，这是关系到检验全局运动水平高低的一次比赛，各科室要从领导、思想、组织、安全等方面上作好充分的准备。王局长接着说，本次大赛要体现更高、更快、更强的体育宗旨，要立足于平等、团结、和谐。王局长强调，现在是建设和谐社会的新时期，和谐工作一定要放在重中之重……

王局长最后宣布，为了体现局里对这次比赛的重视，决定：第一点是加大比赛奖励的力度，第一名的奖金为 7 万元，依次类推，奖励前七名，第七名为 1 万元。第二点是要求局里七名领导全部参加，不得请假。

会议在王局长铿锵有力的发言中结束。

王局长的讲话完了，坐在下面的大卫还在拼命鼓掌，乖乖，这么高的奖金啊！有盼头了。

大卫来自局保卫科，大学毕业后，在科里干的是抄抄写写的工作，人憨厚老实。虽然结婚了，但大卫做起事还是个楞头青，书生气很浓，两耳不闻窗外事，以至于分配到单位八年了还是在原地踏步。和他一起进来的，人家好几个都混到科长了。

大卫一回到家，就幸福地对妻子小芬说，我们房子装修不差钱了。小芬问他咋回事。大卫把这件事告诉了小芬。大卫兴奋地说，老婆啊，你说这不是一个千载难逢的好机会吗？谁不知道我在读大学时代表学校参加省里的大学生运动，还得了万米长跑的冠军！大卫抱起妻子大声喊起了口号：第一名万岁！七万元万岁！

小芬也幸福得满脸彤红，像初恋。

再过两天就是五月一号了，大卫决定这两天去实地考察一下。登山的地方就在郊区的鸡冠山，不高也不陡，就是路还没有怎么修理好。大卫想，这样的路一定要鞋子好，否则脚底会打滑。想想七万元的奖金，大卫狠下心来买了一双近500元的名牌跑鞋。

登山比赛终于开始了，所有参赛者都站在同一起跑线上。为了照顾局里七位领导，裁判员决定让他们站在起跑线的第一集团。这个所有运动员都能理解。

比赛开始了，大卫像离弦的箭一样往前冲。很快，大卫就超过了第一集团，远远地把其他人甩在后面。

大卫回过头一看，好生奇怪，那些领导个个肥头大肚的，赘肉闪闪，跑起步几乎是散步，可是后面的人就是超不过他们，所有的人都不紧不慢地跟在第一集团后面。大卫没有多想，他想到的是这七万元钱，脚底生风，很快的，大卫第一个登上了山顶。

大卫等来近半个小时，大部队才上来了，一个个气喘吁吁，前搀后扶的。但队型却是出奇整齐，和起跑时一样，也是按平时开会时出场的顺序依次到达终点。

接下来就是拍照，录像了，因为颁奖要在明天举行。颁奖地点选择在市民广场。

这天晚上，大卫把自己获得比赛第一名的消息告诉了每一个亲戚朋友。几个要好的朋友还要大卫在富豪大酒店请客。一向吝啬的大卫没有犹豫。请客花费了近千元，但大卫还是高兴，比起七万元，这点钱算什么？

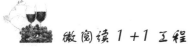

第二天，大卫很早就来到市民广场领奖了。广场上人山人海，热闹非凡。

颁奖主持人说，本着平等、团结、和谐的比赛原则，特别是和谐的原则，请让我隆重地宣布：第一名获得者是……是王局长，奖金七万元。广场上响起了雷鸣般的掌声，接下来第二到第七名，完全是按领导开会时的出场顺序排列。广场的掌声也愈来愈低。

看着王局长们上台领奖、照相，站在人群中的大卫纳闷得很，明明是我第一个登上山顶的，怎么第一名不是我？……

主持人最后用夸张的语气宣布，这次比赛还产生了一个特别奖！

人群轰动了起来。

主持人用煽动的语言宣布：特别奖就是……就是……就是保卫科的大卫！请大家热烈欢迎大卫同志上台领奖！

大卫的心跳到嗓子口了，激动得把兜里的手机都捏歪了。

原来好戏还在后面啊！特别奖，奖金肯定，肯定要超过第一名了，大卫高兴得有点虚脱了。

主持人接着说：特别奖的奖金是……特别奖的奖金是 100 元。大家热烈欢迎大卫同志上台领奖。

大卫一听，愣了半响。在别人稀稀落落的掌声中，大卫消失在广场熙熙攘攘的人群中。

 # 大卫请客

大卫说过多次要请肖科长的客。肖科长却一口回绝，说就这么点小事不值得破费，再说，大卫你的工资也不高，能省就省。

对肖科长来说，这的确是小事，无非是把大卫从农村学校调到城郊的学校。可对大卫来说，却是大事啊，他的很多同事挤破脑袋并且努力了数年都没有成功，可大卫就因为肖科长的一个电话就轻易搞定。

时下流行请客表达感谢之情。大卫想，不请肖科长吃上一顿，一辈子都会亏欠肖科长什么似的。

大卫多次邀请。肖科长多次婉拒，说不值得大卫破费。或许是被大卫的恳切感动，肖科长答应了大卫就今天晚餐好了。但肖科长也告诫大卫，就在便宜一点的大排档就行，真的不需要你太破费了。肖科长还特别强调，酒菜千万要简简单单，不要轰轰烈烈。大卫学电视里刘大脑袋的口头禅回应到：必须的！

大卫在老百姓大排档定了一个包厢，并很早就坐在包厢里等肖科长。晚上六点，肖科长准时达到包厢，跟在肖科长后面的还有一位陌生人。肖科长跟大卫介绍道，这是他在路上碰到的一位多年没见面的老朋友，难得和老朋友见上一次面，我今天就把他带来了。肖科长问大卫，不介意吧？大卫赶紧回应到，肖科长真把我当外人，欢迎都来不及，还会介意？再说，肖科长的朋友不就是我大卫的朋友吗。

和新朋友寒暄后，大卫一边招呼新朋友落座，一边吆喝服务员加菜，加碗筷。

菜很快就上来了，三个人坐在一起，大圆桌显得有点空荡荡的。

刚喝完第一轮互相敬酒，那位朋友的手机就响了起来。朋友跑出去一会儿就进了包厢。朋友进了包厢，后面还跟了两个人。朋友抱歉地说，这两位是我高中时的老同学，他们都在外地工作，正巧来我们这里出差，我和他们很久没有见面了，本来我想单独请他们吃饭，但考虑到和肖科长、大卫兄弟难得见上一面，我就把他俩带来了。朋友强调道，今晚就算我请客好了，大卫你不要跟我争了。

大卫急了，说你还真不把我当朋友了，不就增加两副碗筷吗，哪有你请客的道理？大卫补充道，你就不要客气了，你的老同学不就是我大卫的老同学吗？

和新朋友寒暄后，大卫一边招呼新朋友落座，一边吆喝服务员加菜，加碗筷。

几轮互相敬酒下来，一位老同学出去接电话了。过来不久，这位老同学后面跟了四五号人。老同学对大卫说，真不好意思，这些都是我以前一个单位的老同事，听说我在这里吃饭，都希望能见上我一面。本来我想单独请他们吃饭，但考虑到和大卫兄弟第一次见面，我就把他们带来了。老同学强调到，今晚就算我请客好了，大卫你不要跟我争了。

大卫急了，说你还真不把我当朋友了，不就增加几副碗筷吗，哪有你请客的道理？大卫补充道，你就不要客气了，你的老同事不就是我大卫的老同事吗？

和新朋友寒暄后，大卫一边招呼新朋友落座，一边吆喝服务员加菜，加碗筷。

这样，大圆桌就满满当当地坐圆了。

又是几轮互相敬酒，不善酒力的大卫喝得有点高了，脑袋迷迷糊糊的。

在喝酒期间，总有手机声不断地响起，也总有人不断地进进出出。

墙上的挂钟显示到了 10 点。

肖科长说了一句，好了。

坐在肖科长左边位置的大卫马上站了起来，卷着大舌头说感谢肖科长和其他朋友今晚的赏脸，大家后会有期。

大卫还坚持着送肖科长和其他的朋友出了餐馆的大门。送完后，大卫马上去结账，一算竟然是五千多元。大卫笑着对老板说，你还以为我真的喝醉了，竟然忽悠我。

　　老板说没错，是五千多元。大卫笑道，我们就一桌，花费顶多不超过两千元。

　　老板嘿嘿一笑，说，大卫先生你真会开玩笑，哪里是一桌啊，其他两个包厢的人都说是你的朋友啊。

　　大卫惊讶得咧开大嘴，怎么还会有两个包厢，你们难道想讹诈？

　　一旁的服务员补充说，没错的，大卫先生，我都看你和他们一一握手互相称兄弟，并不断要我们加菜，加碗筷。

　　大卫狠狠地拍了一下后脑勺，迷迷糊糊的脑袋霎时清醒。

# 大卫写作

　　大卫是我的老同事，我们一起分到同一所乡村学校。那时大卫天天嚷嚷要写作，要当大作家。大卫每次见到我们总是说，写作多好，是个自由活，自己当自己的老板，自由如神仙，再也不需要过教书这种朝五晚九的生活了。说到最后，大卫嘿嘿一笑，写得好，除了可以大把赚取稿费，红袖添香的艳福也会是不浅的。

　　听大卫一说，我们都蠢蠢欲动，但我们几个天生没有写作细胞，一看密密麻麻的文字头就发昏，更不要说写字了。我们就鼓励大卫，你在我们这些人中最具有写作潜质，你就往写作方面努力吧。

　　大卫翘起嘴角，幽默地说了句：必须的！

　　那时，我们城里住着一位全国著名的大作家。大卫说，我先去拜访一下他，学点写作的经验。大卫性子就是爽快，说干就干。第二天，大卫就进城去拜访了大作家。

　　拜访回来后，大卫就火急火燎地捣弄起来。大卫说，写作是个安静活儿，得有个相对安静的空间。大卫说，他去大作家这里，大作家的书房真是气派，里面的书也是琳琅满目。大卫最后强调，最关键的是作家需要一间书房，因为作家的灵魂需要独处。

　　大卫请来了木匠，把学校分给他的筒子楼隔出了一间做微型书房，并且像模像样地放置了好几排书柜。书柜好了后，大卫又不断采购图书，几个月捣弄下来，大卫的书房宣告成功了。大卫邀请我们参观他的书房，我们啧啧称好，说作家就应该在这样的环境里才能产生伟大的作品。

　　大卫又一次进城去拜访大作家。

土坏墙上蝴蝶飞

拜访回来后，大卫就火急火燎地捣弄起来。大卫说，难怪我一拿起笔就发憷。现在都什么时代了？电脑时代啊！你看看人家大作家那里，电脑打印机等设备俱全。大卫最后强调道，最关键的是作家需要合理的设备，因为合理设备的配置能让作家如虎添翼。

接下来的日子，大卫就忙着筹钱买设备了。那时一台电脑的价钱吓人，打印机更是稀有产品。但大卫下定了当大作家的决心，用他自己的话说，是要先豁出去了。我们这些同事也纷纷替他筹款。大卫更是到七大姑八大姨那里不断借钱。半年下来。电脑有了，虽然是台386。打印机也有了。

宣告成功后。大卫邀请我们参观他的先进设备，我们啧啧称好，说作家就应该有这样的设备配置才能生产出伟大的作品。

大卫又一次进城去拜访大作家。

拜访回来后，大卫就火急火燎地捣弄起来。大卫说，难怪我写过的几篇作品连市报的副刊都不能发表。现在是什么时代了？是讲究人脉资源的时代啊！你和人家编辑不熟，人家凭什么要优先发表你的作品。你看人家大作家，不断和全国各地的编辑联系，简则逢年过节打个电话、送张贺卡，繁则亲自去编辑部送礼请客。大卫最后强调道，最关键的是作家需要广阔的人脉资源，因为有了人脉资源，作家的作品才可能登上著名的刊物。

接下来的日子，大卫就忙着装电话，买贺卡。更难能可贵的是，大卫只要有假期，就会带上土特产，风尘仆仆地赶往全国各地不同文学杂志的编辑部。

几年下来，大卫几乎绕行了整个中国。宣告成功后。大卫邀请我们参观他和诸多编辑合影的照片，我们啧啧称好，作家就应该有这样广泛的人脉资源才能让伟大的作品诞生。

大卫一次次进城去拜访大作家。

在大卫反反复复地进城出城期间，我们这些同事大都远走高飞了，有的调进了市区的大学校，有的转岗到其他部门当上了领导，唯有大卫还在原地坚持他的作家梦想。

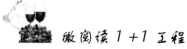
前不久，学校喜逢 50 周年校庆，学校邀请我们这些曾经的同事回去。

还没有回去之前，我们就打听大卫的情况。我们猜想，10 多年过去了，大卫这家伙肯定写了不少伟大的作品，当大作家的梦想已经实现了吧？

我们回到学校，大卫竟然还住在原来的筒子楼。

大卫看上去有些许苍老，但一见到我们还是喜笑颜开。

大卫依然神采奕奕地对我们说，他前天又去城里拜访了大作家。大作家说现在的很多大作家都用上了苹果牌"爱疯"手机写作了。

大卫叹息道，怪不得我写不出伟大的作品啊，原来是我没有跟上写作的潮流。大卫最后强调，最关键的是作家需要……

还没有等大卫把话说完，我们开始面面相觑。

 # 开天书店

　　大卫是我高中时最要好的同学，我和他都是因为没有考上大学而很早参加工作的。

　　大卫这小子读书的时候比我还差劲，但他有一样是我无比钦佩的：写字和认字。他能够左右手同时开工写字，还能够把字随意正反写，这个我们还不佩服。我们敬佩他的还是他认字的本领。越是难辨认的字，他越感兴趣。那时，我们的历史老师把自己的板书写得犹如张旭的狂草，特别难辨认。上历史课由于字无法辨认，我们连抄笔记都束手无策。在这样的情况下，大卫成了我们全班的翻译大师。在大卫的眼中，历史老师的狂草只能算是正楷！

　　那时，我们市里出土了一先秦文物，在斑驳的文物上出现了一些奇形怪状的文字。市里请了附近数位考古专家都无法辨认。我们怂恿大卫去看看，还别说，在许多专家面前，他还真把这些蚯蚓一般的字有模有样地解读出来了。为此，市里给了他一笔数量可观的奖励。

　　毕业后，各奔东西，同学之间的联系也少了。我到沿海打工，几年下来也有了一家属于自己的小厂。后来听同学说，大卫开了一家专门认字的店，叫什么"天书店"。真奇怪，开这样的店干啥，哪里有这么多文物要他去辨认？

　　后来才发现自己错了，原来大卫的天书店只是帮人家辨认一些无法辨认的疑难字，比如书信、古书上的疑难字，但这都不是他主要的业务。

　　那天正好空闲，我就去拜访了大卫的天书店。老同学忙得不可开交，只见顾客们人人手里都拿着一些单子，进进出出，络绎不绝。

终于找到一个空隙，大卫才来招呼我这个老同学了。我问他怎么回事？他嘿嘿一笑："你难道不知道吗，现在有些医生的字犹如天书，一般的人是无法辨认的。医院有时候是故意写一些无法辨认的字，让你不知道自己生了什么病，也不知道他开了什么药。哪怕是最简单的常见药，医生也写得如甲骨文，让你无法辨认，能让你辨认的只有交钱的数字。还有在医院买药比在药店买药得贵上好几倍，有些聪明的患者就拿着医院开的药单到普通的药店来买药，但苦于不知道药单上写的是什么药……"

我这才明白，大卫现在主要的业务就是帮患者辨认药方上的药，让患者去药店买药省点钱。大卫只是收少量的服务费，还别说，他可是赚得盆满钵溢。两年下来，家里小洋楼建了，私家车也备了……

前些日子，国家有文件规定：医生写的字要让患者都能够辨认！

我很为大卫担忧，这样下去，他不就要失业了吗？妻子也劝我这时候应该帮老同学一把，既然他喜欢写字和认字，让他来我们厂干些文字工作的轻松活。我正打算和大卫说这事。

这时，大卫正好来到我家。我知道老同学的苦衷，就首先开口把想好的事直接给他说了。但他却用怪异的眼色看着我，他并没有表示感谢。后来才知道，他来这里是准备开一家分店。我直骂大卫糊涂，国家有了规定，这样下去开天书分店岂不是死路一条吗！

那天去探望住院的母亲，无意中，我翻了一下母亲的病历。龙飞凤舞的字迹让我哑然。我幡然想起了老同学大卫和他的天书店。

 # 空调　空调

天气异常炎热。大卫对爱人小芬说，我们还是买一台新的空调吧，房间里的空调用了 8 年，制冷效果差，而且耗电。大卫接着说，我昨天到家电市场看了一款最新的变频空调，省电又时尚，而且价格也实惠，2100 元。

小芬说那就换吧。但小芬转眼一想，我们车库里几年前装的那台空调一直没有用上，何不把车库里的空调调换到房间里来。小芬补充道，孩子下半年就要上幼儿园了，现在的学费老高老贵，能省一点也好。大卫表示赞同。

大卫打电话联系调装空调的家政公司，调装费是 150 元。大卫想，比起新买空调的 2100 元，这算不了什么。小芬也赞许。

家政公司的王师傅很快就过来了。王师傅先把车库里的空调拆下来，再把房间里的空调拆下来，再把车库里的空调调装在房间里。

调装完后，王师傅说，车库的空调由于搁置了很久，制冷的氟利昂没有了，不能制冷。

大卫问，加氟利昂要多少钱？王师傅回答，一个压力 30 元，一共 5 个压力，共 150 元。大卫想，比起新买空调的 2100 元，这算不了什么。小芬也赞许。

调装的空调冷风习习，大卫和小芬都很满意调装的空调。

该给王师傅工钱了，共 300 元。

这时，王师傅开口说，你们房间那台空调也是废品了，还不如卖给我。王师傅爽直地说，你们卖给收废品的还值不到 200 元，卖给我的话就

300元好了。今天的调装和氟利昂的费用就不要你们的了，我就搬走这个旧空调。

大卫和小芬想，旧空调也值不了几个钱，放在家里也碍手碍脚，何不就卖给王师傅好了，这样也就省下了这300元。

空调调试好了。王师傅运走了旧空调。大卫和小芬眼睁睁地看着王师傅的背影越走越远。

没过几天，大卫就发现调装的空调不对劲，每隔一段时间就会自动休眠，而且休眠后不会再次启动。

大卫马上打电话请教王师傅。王师傅说，要亲自来检查才知道具体原因。王师傅补充说，不管空调要不要修理，公司规定上门检查的出工费是50元，但由于今年天气特别炎热，涨了50元，是100元。王师傅要大卫考虑一下要不要过来检查。

大卫想，空调都调了，不检查不就白调了，再说比起新买空调的2100元，这算不了什么。小芬也赞许。

王师傅很快过来了。王师傅检查了一会儿就说，空调的控制板坏了，不能正确控制空调的运转。大卫问什么是控制板？王师傅解释说，就像电脑的CPU。没有了CPU，电脑就没有了控制的大脑。

大卫说怎么办？王师傅说只好换。大卫问换要多少钱？王师傅说这个比较贵。王师傅强调道，空调也只有控制板和压缩机值钱。大卫问，到底多少钱？王师傅说500元。

大卫说，太贵了吧，能不能便宜点。王师傅说，不能便宜，哪里都是这个价。

大卫一想，500元还不如买个新的空调。大卫和小芬商量了一下，说那就不要修了，买个新的吧。王师傅也很赞同，说搁置了几年的空调小毛病会不断，修不过来，还是买台新的更划算。

大卫准备给王师傅100元的出工费。

王师傅说，我看这样吧，你的空调主机板坏了，也就是一台废空调了。卖给收废品最多60元，我给你100元好了，这样也省了今天的出工费，另外我再免费帮你们安装新的空调，你们看如何？

大卫和小芬商量了一下，说这样也好。大卫去商场买下了 2100 元的新空调。

　　新买的空调冷风习习，大卫和小芬都很满意新买的空调。

　　新空调调试好了。王师傅也运走了第二台旧空调。大卫和小芬眼睁睁地看着王师傅的背影越走越远。

　　大卫两手一摊，说：空调！

　　小芬说：空调？

乞丐与存折

老乞丐出现在光明小区有些日子了。老乞丐和其他各式乞丐没有两样：头发锈黑，躯体裹挟在破碎的衣服内，一阵阵恶臭从全身各个气孔溢出。

老乞丐能享受小区人近距离凝视的待遇，是因为他眼前的那张存折。

最早发现存折的是小区张大妈，张大妈是居委会的办事员，眼刁。乞丐出现那天，王大妈就斜视乞丐对大伙说，现在的乞丐真潮，乞讨还用存折作道具，卖羊头的还真挂羊头了？

正在理发店里打扫的小王阿姨一听说乞丐竟然有存折，她立即跑了出来，嚷嚷道，哪里有存折？哪里有存折？

存折如漩涡，席卷了围观者所有的目光。乞丐和他眼前的搪瓷碗却当作配角，遗弃在一边。

其实，存折就摆放在老乞丐的前面，搪瓷碗的左边。这本存折颜色暗红，内底亮白，可惜地是存折上的数字却小如移动的蚂蚁，让人看去恍恍惚惚。

存折就这样肆无忌惮地躺着，上面的存款数字惹得一群人眼角迷离，欲罢不能。

有人说：这存折假的吧，乞丐也有存折？

有人回答，肯定是假的啊，谁见过拿着存折乞讨的乞丐？

一群人纷纷赞同，肯定是假的。即使是真的也可能是乞丐在垃圾桶中捡到的报废存折。

张大妈警惕地说了一句，大伙回家里翻翻，看看有没有丢失存折。

人群一哄而散。

很快，大伙再次云集，纷纷表示家里的存折好好的，没有遗失。

这时，一阵风吹来，存折正好翻到了存款的最后页。小王阿姨冒着被乞丐臭昏的危险，凑过去看了一眼。这一看不打紧，看得小王阿姨直说全身发冷。

大伙都问小王阿姨，存折上的存款是多少啊。

小王阿姨说，我看得粗糙，好像看到了8字后面有好多个0。

大伙急了，说到底有几个0啊？

没有看清，想知道你们自己去看，小王阿姨很生气地说。

人群中的朱三爷说，管它几个0，谁想看谁凑上去看好了，我是不想被这老乞丐熏死。

这时，正在3幢201室李阿姨家做客的一个乡下小男孩凑上前去，他拿起存折就瞧，并一字一顿地大声读了出来，个、十、百、千、万、十万……

或许是小家伙的数学没有过关，支支吾吾了半天，没有再读下去。大伙干焦急。小家伙把存折丢到老乞丐面前，跑了。

这时，张大妈一马当先，说，多大的事，磨磨叽叽干什么，直接看不就得了。

张大妈奋勇前进，拿起存折就看，看完就宣布，8000000元。张大妈说得很随意，可一说完，手竟然抖了起来，张大妈骂了一句自己，该死的风湿病又来了。说完，她赶紧把存折丢回老乞丐面前。

大伙鼎沸了，8000000元可不是个小数目啊，放在这个城市也算得上大款啊。

这时，大伙的目光再次聚焦老乞丐。

忽然，有人说，这人我好像在电视上看到过，好像是本市第二建筑公司的黄老总。

有人说不对，乞丐面相虽然很像第二建筑公司的黄老总，但黄老总前些天还在电视上宣传他的房地产呢？

有人说，从侧面上看这人很像报纸上经常出现的方局长。

有人反对道，方局长不是说去国外考察不肯回国了吗，这人肯定不会是方局长。

大伙把本市有钱有势的人物都过滤了一遍，但没有形成统一的答案。

有人说，大家不要猜了，这存折上的钱肯定是假的，不是假的他还来乞讨，八百万是个什么概念啊，你们大伙想想，能沦落到乞讨的地步吗？

有人猜想，存折可能是和卡连用的，钱从卡里取空了，存折只是没有打印到最后取款的记录而已。

大伙纷纷赞同。

大伙从清晨讨论到黄昏，持续讨论了数天都没有弄清存折的真假。老乞丐搪瓷碗里的几枚硬币和几张小额纸币多天来都没有变化。到了吃饭时间，大伙都回家吃饭去了，把老乞丐孤零零地扔在原地。这时，只有租在小区里一对农民工夫妻会端一份饭菜给老人。夫妻俩在小区里开了一家小饭馆。

小区人却指责夫妻俩，说你们夫妻发什么善心，不提供饭菜给他，他可能早就离开了，你看他天天呆在我们小区，视觉都被污染了。

张大妈更加上纲上线，说过几天全市要考核小区卫生了，如果有乞丐出没肯定要扣大分。小区人纷纷指责夫妻俩不能再提供食物给老乞丐了，说这样下去，就不把店面租给他们开店了。

夫妻俩没有理会小区人，到了就餐的时候依然会给乞讨老人端来热菜热饭。

小区人愤怒了，终于解除了饭馆的租房协议，提前让夫妻俩关门滚蛋。

夫妻俩要走了。

正要离开的那天，大伙看到一辆红色宝马开到了老乞丐的身边。从车上跌跌撞撞跑出来一妙龄女子。女子对着老乞丐哭了起来，说爸，你怎么跑到这里来了。爸，你怎么把家里的存折随意摆放在地上，要是坏人拿走咋办。

女子很快就搀扶着老人上了宝马车，开动了。车子开到夫妻俩的小店门口，宝马车停了下来，女子把夫妻俩也请上了车。

小区人百感交集，久久不愿离开。

不愿离开的还有夫妻俩留在店里的锅碗瓢盆等各式杂物。至今它们还被房东搁置在店门外，一动不动。

窗外正雨过天晴

坐在我对面的是一位西装男，脸上沧海桑田。他左手深深插在裤袋里，只有大拇指外露。此时，我和他正等候在税务大厅。

男子瞥了一眼我正看的 2011 年第 10 期《小说月刊》杂志。他立即断言，那篇《美女与皮鞋》是你写的吧。我极其惊愕，他怎么知道？

男子说，既然你是作家，我就讲一段我朋友的真实故事给你听吧，或许你能再次把名字留在《小说月刊》上。我赶紧放下杂志，把笔记本摊开，作记录状。

……那还是八十年代初吧，那时他才十六七岁，由于父死母离，家庭倾塌，他选择辍学，出走兰城。在兰城，他海寻工作，但由于懒散，师傅们都厌恶他，纷纷弃他门外。

他在街头鬼祟，被一夹克男盯上，很快，他被迫加入兰城扒窃团伙。起初，他不情愿成为恶心的"三只手"，但他走投无路，为了不饿死，他开始苦练扒窃技巧。其实很简单，就是在沸腾的水里用手指瞬间夹起肥皂或刀片。扒窃犯只能选择一只手进行操练，因为他们俗称"三只手"，不是"四只手"。他选择了左手。开始的时候，面对沸腾的水，手惧。"师傅"狠逼他的五指入水，整个手指浮肿，皮肉绽开，血浆模糊。三个月后，勉强能夹起，半年后，左手能在眨眼间夹起数块肥皂或刀片。

扒窃生涯开始了，起初，他总会选择一些富有的人下手，因为他来自农村，不忍心农民受害。但"师傅"给他的任务很重。他没有选择的余地，逮到人就下手。但他看到那些被扒窃的人失去钱包后的嚎啕大哭，起初也会内疚，后来就麻木如瓷像了。

一次，为了完成严峻的额外任务，他混到医院，医院本来是他们这行的禁地。无奈，他选择了一个正排队买药的年轻妇女下手，很快扒窃成功。可妇女却哭得倒地翻滚，因为她的儿子患了眼瘤，举家借债来为儿子动手术，可他却把她的钱一锅端。妇女哭天抢地，身旁的人也陪着流泪，真是天不怜人。

　　他心如火煎水熬，他选择悄无声息地把钱包放回妇女的口袋。他看到了妇女重新找回钱包时的喜极而泣。

　　因为他破坏了行规，就是到手的钱哪怕是亲爹的都不能还回。他遭到了砍去四个手指的行里最严厉的惩罚。

　　少了四个手指的他行动起来再也不利索，有几次被人发现吊在树下打，打得死去活来。他真想脱离这一行，但他完全丧失了生活的信心，特别是少了手指的他，离开这行可还能干什么？

　　手指的缺损，他难以完成"师傅"下派的任务，在队伍里也就领首低眉，被人耻笑，时常挨饿受冻。为了照顾他，一位好心的师兄安排他去长途汽车站售票厅。售票厅是他们这一行的大肥肉。

　　可由于他笨拙的身手，车站很多工作人员都认识他。工作人员怕报复，不便阻止他扒窃，但他们一看到他出现就会提醒排队的乘客。而且，很多乘客看到他的歪头跛脑样就会哈哈大笑。

　　那次，他挤在买票的长长队伍里，前面是一位披风男，后面是一位老妪，老妪带着一个小孩。他寻思着对前面披风男下手，可一旦他把手伸出，老妪都会有意要小孩叫他叔叔。他纳闷，老妪为何要多次阻扰他，难道老妪发现自己是"三只手"吗。老妪越阻挠，他越欲罢不能地想扒窃成功。紧张和恐惧使得他汗流浃背。老妪或许是脚站累了，她忽然拍拍他肩膀说，小伙子，看你年纪轻轻的，腿脚好好的，我脚站痛了，你能不能帮我买一张去省城的车票。还没有待他回应，老妪就把一张大钞交给他。

　　此时，他却手脚无措起来。多年来，都是他扒窃别人的钱，还没有谁会主动献上"猎物"。此时他感到左右为难，卷走这张大钞去完成今天的任务轻而易举，但看到老妪充满信任的眼色，他打消了这个念头，他老老实实地排队帮老妪买好了票并递回了多余的钱。

老妪一脸的高兴，说，小伙子，你好样的，看，窗外正雨过天晴呢……

窗外正雨过天晴。他很纳闷老妇女会对他说如此温馨的话，这也是他几年来听到的最暖心的话。那天，他没有完成扒窃任务，却不沮丧。

他回"家"后，同伴们哭笑不得地发现，不知谁恶作剧地在他的后背贴了一张纸条：我是六指扒窃犯！字迹醒目赫亮。

……

西装男好像讲完了，他开始靠在椅背上沉默。我则把稿件用最快的速度润色好发到《小说月刊》何首席编辑的邮箱。一会儿，从税务大厅侧门走来一女性办事员。女子说，黄总，我们还是到 VIP 窗口去吧。他把左手从深深的裤袋掏出，用大拇指朝我挥挥手算是告别。

此时，税收大厅的显示屏正播放兰城去年纳税冠军的采访录像。细看冠军，原来就是传说中的六指黄。我好像在哪里见过此人，但书生气浓郁的我对文字异常敏感，对再熟悉的人也会瞬间陌生。想不起就不想罢了，还是低头品味深受读者喜爱的《小说月刊》杂志吧。窗外正雨过天晴呢。

局长不会笑

　　局长来上班的第一天，一位外单位的办事人员就来找他。那位外单位的办事人员出来后就对局里人说，你们局长不会笑。

　　局里人本来就对新来的局长不熟，也很想打探新局长的情况，但新来的局长是部队转业过来的，谁也没有打探到他以前的任何信息。

　　听那人一说局长不会笑，局里人把拾获的关于新局长的第一条信息纷纷传开了。

　　局里人戏谑道，会笑的人叫"笑面虎"，而不会笑的人整天板着脸，犹如麻将牌里的白板，于是大家暗地里就叫新来的局长为"板面虎"。

　　当然局里也有人怀疑，说，是人就会笑，哪里有不会笑的人？但这些人的疑虑很快被击碎。在局长参加局里第一次全体大会上，局长在做自我介绍的时候说了这样几句：我不苟言笑，板着脸是我脸上的常态……

　　局里人听出了这是局长不会笑的潜台词。局里人完全确信了这个局长不会笑。

　　局里人说局长不会笑的消息很快传到了局长耳里。局长也挺纳闷，我怎么就不会笑？这些人真是扯蛋。局长当即在办公室里的一面镜子前笑了起来。局长一面笑，一面观察镜子里正笑着的自己，这一看吓了他一大跳。局长发笑的脸竟然如此僵硬，冷笑？阴笑？奸笑？……局长看着镜子里的自己，感到自己脸上的肌肉笑起来很怪异，像揉皱的黑塑料膜，很狰狞，连自己看了都后怕。局长在镜子前笑着试了几回，越试越恐怖。

就这样，局里人没有谁见过局长的笑容。

局长不会笑的消息也传到了家里。局长夫人开始觉得荒唐，自己的丈夫怎么不会笑？夫人记得局长和她谈恋爱的时候笑起来很豪爽，声音响彻云霄。丈夫不可能不会笑。

夫人对局里人传播不实的小道消息极愤怒。她突然想到自己和丈夫的婚纱照就有笑的照片，但当她找来婚纱照的时候，看到局长脸上都是一副严肃的神情，没有一张局长笑的照片。局长夫人就纳闷了，难道是照婚纱照的时候自己沉浸在幸福之中，看到的一切都是阳光灿烂，喜笑颜开？

局长夫人不甘心局里人说自己的丈夫不会笑，更厌恶局里人背后说自己的丈夫是"板面虎"。

但局长夫人转眼一想，局长的确很久没有在她心里留下过笑的印象了。局长夫人开始有意引导局长笑。夫人和他说起来他们年轻时候的有趣故事，局长没有笑。局长夫人说起了他们现在幸福的家庭生活，局长还是没有笑。局长夫人播放了赵本山的幽默小品，局长还是没有笑。

局长夫人这才意识到自己的丈夫真的不会笑，记忆中丈夫的笑声响彻云霄，这可能是恋爱时一种幸福的幻觉。

局长夫人也就想起，丈夫说他在部队时受过一次伤，难道那次的受伤把脸部的笑神经损伤了？

局长在局里不笑。不笑的局长使局里的工作井井有条，没有人敢玩忽职守，没有人敢敷衍塞责。大伙都成了好同志，因为他们都怕局长那张不会笑的脸。

局长在家里不笑。不笑的局长让夫人对他关爱备至，夫人也不敢收取来历不明的钱财，不敢吹枕头风。夫人当起了贤内助，因为夫人怕局长那张不会笑的脸。

光阴似水，岁月如梭，局长马上就要退休了。

退休的前一天，局长选择在办公室里的那面镜子前笑了起来。局长一面笑，一面观察镜子里正笑着的自己，这一看吓了他一大跳。局长发笑的脸竟然如此慈祥，微笑，大笑，豪笑……局长看着镜子里的自己，感到自己脸上的肌肉笑起来如此动人，像盛开的秋菊花，很温馨，连自己看了都陶醉。局长在镜子前面笑着试了几回，越试越兴奋。

局长的笑声越来越响，响得把办公室里的一盏日光灯都震落在地。局长的笑声的确响彻云霄，在局里久久回荡。局里人捂着耳朵都能感受到局长爽朗的笑声穿透耳膜，剑指心灵。

人　呢

8002 年，科技异常发达，地球早已成了一个村庄。村里有个叫恨因斯坦的年轻人特别懒惰，此人游手好闲、不务正业，村民都骂他懒猪。恨因斯坦整天只知道胡思乱想，到了结婚年龄却没有一个女子愿意嫁给他，可他还想象自己能娶到一个如花似玉的美女。

一天，恨因斯坦忽发奇想，要是有一个软件能把自己想（意念）到的内容变成现实多好啊，这样就不怕自己娶不到美女为妻了。

恨因斯坦这回不懒了，他说干就干。经过 10 余年的潜心研究，恨因斯坦终于研制出了意念生成软件。意念生成软件最大的特点是：只要把软件芯片植入大脑，意念到的内容通过意念生成器马上就能实现。

恨因斯坦发明意念生成软件的消息一经媒体发布，求购者就纷至沓来。恨因斯坦一夜暴富，身边美女如云。

地球村民都迫不及待地安装这个软件，想尽快把心中的意念变成现实。不到几天，地球村民几乎所有人都拥有了意念生成软件。但孤儿傻蛋除外，傻蛋是个脑瘫患者，他的脑海永远是一片空白，什么意念也没有。

这个软件让地球村人狂喜不已。以前想娶美女的都娶到了。想成为有钱人的也有钱了。想当官的人当了……

反正只要你心里有什么意念，软件都能让你实现。这时去太空漫游易如反掌，去海底定居不费吹灰之力。

地球村民都在极度的欢快中，见面问候语也成了：今天，你想到什么了？这个时候真是成了"就怕想不到，不怕做不到"的时代了。在这个时代里，钱没有人想赚了，官没有人想当了，班不需要人上了，各行各业都消失了。大家和睦相处，宛如祖先陶渊明笔下的世外桃源。

那天，地球村民大卫和邻居王山闹矛盾吵了起来。大卫心里想，王山真的是一只老乌龟，很不讲理……

大卫还没有想完，王山真的成了一只老乌龟。大卫惊惶失措，他去找恨因斯坦。恨因斯坦这才发现信念生成软件致命的漏洞：它能把人的任何意念变成现实，但经过变化的事物却永远不能复原。

王山变老乌龟但不能复原的消息很快在地球村炸开了。被人意念成乌龟如何是好？村民先是议论纷纷，接着都忧心忡忡地回到了家。

恨因斯坦很沮丧，觉得愧对村民，他决定再次研究意念复原软件，可他还没有开始研究，就被谁先下手为强地意念成了一只懒猪。

那天，地球村民傻蛋往村里一转，村里空落落的，没有见到任何一个村民。傻蛋挺疑惑，人呢？

但傻蛋很快就高兴得跳了起来。他发现村里成了怪异园：各式怪模怪样的生物在这个怪异园里横行霸道，犹如回到地球生命的萌芽时代。

红的白兰花

学校里有一道侧门直通操场，侧门只能容一个人通过，体积稍大的还需侧着身子才能通过。

当然，除了侧门，学校还有一正门通操场，正门大大方方的，哪怕是十辆自行车并骑都可以通过。

侧门虽小，但人气极旺，因为走侧门至多五分钟，而正门至少是侧门时间的四倍。

操场是学校最受人欢迎的地方，不仅是对那些喜欢玩耍的学生，对我们这些老师也不例外，特别是操场上那片树荫密匝的林子，更令年轻的老师为之心动。

学校的老师在谈恋爱期间都喜欢成双成对地去那林子，据说经过侧门去过林子的，成功率高。因此，学校里仿佛有一条不成文的约定，那就是一谈恋爱就喜欢经过侧门往林子里钻。我们这些老师便把侧门戏称为"爱之门"，林子为"热带雨林"。

除了方老师，我们这批年轻老师都曾通过了"爱之门"，也到"热带雨林"酣游过。

方老师是和我一块分到这所学校的。一向埋头于教学与科研的他极少去关注恋爱是怎么一回事。我们都结婚生子了，可他的新娘是教材，儿子是论文。期间，我们工会大妈也为他牵过几根红线，但都被他那句"君子不立业何以成家"扯断。

直到我儿子上高中，分到他班上，业也立得差不多的他才幡然悔悟：原来自己还缺少了点什么。

于是小范出现了。其实小范年龄并不小，也是三十加档了，只是女孩子年龄看得紧，加几档我们无从知晓。

应该说小范是个不错的女孩，脸蛋，身材都是"上上签"，而且在政府部门做文秘工作。小范英语专业毕业，常常抱怨中国人时间观念差。据说小范十几年工作没上调并且没找男朋友的原因就是对时间的严谨态度。

方老师与小范的恋爱速度出乎我们的预料。三个月不到，方老师就私下给我透露：下一次见面就是谈论婚期了。方老师把约会地点定在通过"爱之门"的"热带雨林"。

那天，也就是方老师约会的这天。据儿子说，方老师上课特别来劲，也穿上了一直认为穿衣花时间的西装。没有午睡习惯的他，为了有良好的精神状态，狠下心来午睡了一回。在梦中，他梦到了大大的喜字，梦到了震山响的爆竹声。

一觉醒来，离约会时间还有二十分钟。方老师从容地穿衣，从容得像女孩子般打扮。待时间还剩八分钟时，方老师还是从容地关了房门从容地朝"爱之门"走去……

可万万没有想到，学校迎接上级安全问题检查时，为首的领导看过侧门说，侧门狭小，存在安全隐患，建议立即封堵。为了与四周的景色相适宜，学校在封堵"爱之门"后涂上绿色的颜料，并在门的两侧绘上了几簇洁白的兰花。

后来，据说有人发现，封堵的"爱之门"里外两侧的那一簇簇白兰花红了。

假　钞

大卫毕业后就留在城里，在市里一银行当职员。几年没有回家了，大卫想该回老家看看年迈的父母亲了。大卫的老家在一个偏僻的小山村，从城里去还要走好些公里的山路。

真不走运，大卫坐的客车在半途中炸了胎，折腾了许久车才到达老家路边的山口。待大卫下车，这时天色已晚，星星若隐若现地在头顶闪烁。

从路口过去要穿过一片树林，这几年封山育林，树木长得郁郁葱葱，在晚风的吹拂下，树影婆娑、迷离。大卫在树荫里穿行，走着走着，前面忽然出现了一个村庄，在大卫的印象中，去老家的山路上应该没有村庄啊？大卫一想，可能是近几年来新农村建设，新造起来的村庄吧。

大卫依然匆匆地往前赶，但从村庄上投射过来的蓝色灯光直逼大卫的眼。奇怪，这个村庄每家每户门口都挂着一盏蓝色的灯光。

走近村口的时候，大卫看到村人围在一个空地上争辩什么。一听，原来他们在争论钞票的真假。

村人看到路过的城里人，忙热情地和大卫打招呼。

一位白发飘飘的长者从人群中抽身出来，说，年轻人，能不能帮我们一个忙，村里人都在争论一些钞票的真假，你从城里来，见多识广，来帮我们看看，如何？

大卫一听，真是瞌睡碰到了枕头，自己正好是在银行部门工作，对钱是再也熟悉不过了。

长者把大卫领到争吵的人群中。大卫朝村人扫视了一下，感觉这些人很陌生，也觉得这个村的人格外瘦弱，男女老少个个面黄肌瘦，没有血气一般，特别是在蓝色光的映照下，给人轻飘飘的感觉。

人群中有人拿出一捆钞票，大卫一眼就看出了是一捆新版的人民币百元大钞。村人的观点分为两派：一派认为人民币是假币，一派认为人民币是新币。他们互不想让。

大卫从中抽出一张，仔细地摩挲了一遍，说，这些钞票是真的，是今年刚发行的新版本。可大部分村人还是争辩，说，我们用了一辈子钞票，怎么和我们以前用的完全不一样？

大卫说，我在银行工作，难道还分辨不出钞票的真伪吗？面对群人的狐疑，大卫把自己的工作证都掏了出来。村人半信半疑，现在办假证的满天飞，谁知道你的工作证是不是真的？一听这话，大卫鼻子都气歪了。恰好皮包里还带了一个验钞机，大卫想，我要让你们口服心服。大卫赶紧把验钞机从包里掏出来，说，你们不相信我，难道还不相信验钞机吗？大卫从中抽出一张，这张钞票很顺畅地通过了验钞机。大卫得意地说，怎么样，我会骗人吗？

喧闹的人群像湖水一样平静了下来。

这时，站在一旁的长者从口袋里掏出一张钞票要大卫给验验真假。钞票还没有穿过验钞机就发出刺耳的滴嗒嘀嗒声。大卫拿起来，透过蓝色的灯光一看，说大伯，你真会开玩笑，你这张可是冥币啊！

长者赶忙往后一退，激动地说，这可是我保存了数十年的钞票，怎么可能是冥币？而且我们这一带的人都是用这种钞票的啊。

连我们最尊敬的长者用的钞票都被他说成了假币！平静的水波又开始荡漾起来。这小伙子还真会开玩笑，我们祖祖辈辈用下来的钞票他说是假币，这些我们没有看到过的钞票他竟然说是真币，这个年轻人还真会忽悠我们乡下人。

村里人湖水般朝大卫涌来。嗨，现在什么人都有，说不定这个年轻人就是想利用我们的无知，骗取我们手中的真币吧？嗨，现在社会上这种人多着呢……

不要再争了，一个秃头的中年人高声一喝，既然这些钞票是假币，为了不流出去害人，我们就毁了它们吧！说着，他便把钞票撒向人群。村人疯狂地撕毁起来。

大卫一看，这还了得，毁坏人民币是要犯法的啊！大卫赶紧制止他们的行为。在汹涌的人潮中，势单力薄的大卫只好眼睁睁地看着他们手撕脚踩地毁坏这些崭新的钞票。

老者看到大卫拼命阻拦，说，竟然你喜欢这种钞票，你就留几张做纪念吧。还有，虽然你没有帮我们验证出钞票的真伪，但我们还是耽误了你赶路的时间，这 50 万就算是给你的报酬吧。

大卫一看是张 50 万的冥币，感到老者真是可气又可笑。大卫挺纳闷：这里的人难道中了什么邪，连钞票的真假都分不清？

在村人荒诞的撕钞游戏中，大卫快步地朝家里走去，身后的蓝光和争吵声缥缈而去。

一回到家，母亲正在祭祀先人。母亲说，你回来得正好，赶紧向先人烧几炷香和几份钱纸。母亲把几张小额纸钱交到大卫手里。大卫一惊，妈，你没有搞错吧，怎么烧人民币？

母亲说，娃啊，没错的，现在我们这一带，富裕起来的人家，为了斗富都大把大把地烧人民币祭祀先人，我也怕先人怪罪下来啊！

蜗母三迁

蜗牛一家在城里住了多年。可蜗母近来却忧心忡忡。蜗母发现蜗儿的长相越来越怪异了：触角变短了，外壳腐蚀脱落。难道是吃了人类转基因食品所致？还有，蜗母灵敏的触角告诉她，城里的蔬菜农药含量严重超标，昨天母子俩就上吐下泻了好几回。

蜗母难以忍受的还有城里的噪音和灯光。汽车的尾气也呛翻过她几次。

蜗母想，这样下去肯定会影响蜗儿的健康成长。蜗母怕对不起死去的孩子他爸以及蜗家的列祖列宗。无奈，蜗母只好选择搬家。

可搬到哪里去？哪里才是归宿？冥思苦想的蜗母忽然灵光一现。她记得一本书上介绍过陶渊明的世外桃源。据说那里是人间仙境，特别是目前人类还没有寻觅到。为了蜗家的子孙后代，蜗母决定去寻找传说中的世外桃源。

可蜗儿却不愿意。蜗儿说，别人能在城里活，我们怎么就不行，何况我们蜗牛一天能爬多远？去哪里找这个人类都没有办法找到的世外桃源？

蜗母叹了一口气，教育儿子说，我们速度虽然慢，但你没有听说过愚公移山吗？人家愚公连移山都不怕，我们还怕什么？

蜗母拽着蜗儿就上路了。

母子俩跋山涉水，历尽艰辛，经过七七四十九年，他们终于找到了传说中的世外桃源。当母子俩爬过神秘的洞口时，真是豁然开朗。这里与陶渊明所描绘的一字不差：落英缤纷，芳草鲜美。这里风景旖旎，古

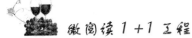

人安居乐业，简直是田园牧歌式的和谐社会。

蜗母、蜗儿异常高兴。他们马上把家安在挂满硕果的桃花林里。

蜗牛母子每天喝着桃花上的露珠，如饮仙浆玉液；吃着白中透红的桃子，如食仙果，真是优哉游哉。

一天，蜗母忽然听到了机器的声音。

一看才发现外界的人不知道用什么手段闯进了桃花源。他们一来这里就成立了一个桃花源旅游公司。游人如织，丢弃的垃圾如山。不久桃源村人也消失了。（后来才知道他们已经被现代人运往全国各地的动物园，供人参观。）

自从现代人来到这里，这里的桃树以及珍稀古树运到城里去了。城里的生活垃圾运到这里了。一些城里不能建的化工厂在这里也拔地而起。

蜗母长吁短叹，忧心忡忡。

蜗母含着泪对蜗儿说，为了你的健康成长，我们搬家吧。

蜗儿说，我们能搬到什么地方去？蜗母仰天长哭，星光在头顶闪烁。

蜗母灵光乍现，我们坐飞船去火星吧，火星上总会安静了。

蜗牛母子研究了九九八十一年，终于造出了宇宙飞船。蜗牛母子高高兴兴朝火星飞去。可他们还没有下飞船，就纳闷火星上也臭气熏天？他们仔细一看，人类如织的旅游团正在这里如火如荼地活动。

蜗母掉转船头，朝浩瀚的太空飞去……

自来水管里的鱼

和妻儿不同，我每天都有早锻炼的习惯。那天和往常一样，我早锻炼回家后，妻儿依然在睡懒觉，我自个儿便开始洗刷了。

拧开冰凉的水龙头，却没有看到水从龙头里欢畅地流出，我只看到水一点一点从龙头口滴出来。我纳闷，难道停水了？我把水龙头的旋钮旋到最大极限，水还是一点一点滴出来。

不对啊，停水的话一滴水也流不出来啊？我歪着脖子朝水管里一瞧。噢，原来是什么东西堵住了管道，水无法从出口流下来！

我立即去找细铁丝来拨弄，等我回来的时候，我看见一只大拇指那么大的鱼，带着斑斑的泪痕，从水管口一节一节硬挤而出。

喘着粗气，鱼出来时，全身已是伤痕累累、血迹斑斑。鱼鳞也斑驳脱落。

一只鱼接一只鱼，从狭小的水龙头里竟然挤出了整整 8 只鱼。

自来水管里挤出了 8 只鱼！

还来不及惊呼，竟发现这 8 只鱼的身姿似乎十分熟悉。

我冥思片刻，忆起他们原来是在故乡的小溪，童年与我每个夏天相嬉相伴的那 8 只灵动的鱼。看，鱼尾上还刻着我年少时留在他们身上的记号呢，大飞，小水，花花、须须……多么熟悉的身影，多么亲切的名字！

虽然他们都受了重伤，鱼眼红肿，但在清澈而又平静的脸盆里，他们还是很快恢复生机。看，大飞还是那么调皮，花花还是那么害羞，小水和须须又在吵嘴……

妻子和儿子不知什么时候起来了。看到我端详着这群鱼，妻子冷冷地说，你平时从来不去菜市场，今天这么早就到菜市场买菜回来了？儿子看到这些鱼，兴奋地就用手来抓，尽管这些鱼飞快躲闪，但在小小的脸盆里，儿子还是很快地抓到了其中一只受伤最严重的鱼。儿子紧紧抓起鱼，在妻眼前晃了晃，雀跃地说：妈妈，今天，我们有一顿美味的午餐了。

我本想给妻子一个解释，妻子却先开口了：看你第一次买菜，就尽买些受了伤的鱼，尽挑些血淋淋的鱼，你是想学雷锋啊！这鱼能吃吗？

我不想再作解释了，说这些鱼是自来水管里挤出来的，他们会信吗？他们一定又会认为我写小说写糊涂了。

妻子做菜的手艺优秀。果然，在中午的餐桌上，与童年欢畅的那8只鱼，在妻子的侍弄下，色味俱佳、清香远溢。妻儿高兴地吃着，看着他们母子频频下箸，我却迟迟难以下咽。

几天后，本市的晚报头版头条报道了城西一李姓大爷家里自来水管里发现了鱼。

不久，报社又报道城东、城南相继发现了自来水管里的鱼……

市民纷纷打电话给报社，问是不是真的在自来水管里发现了鱼。这可是这所城市建城以来从没有发生过的惊奇事情。

报社为了印证事件的真实性，特出版现场照片来满足市民的探究兴趣。市民看着报纸上鱼痕斑斑的照片，忽然感到很纳闷：自来水管里怎么会有鱼呢？

带着疑问？报社特邀了本市一些专家解释这一奇怪的现象。专家们纷纷表示：自来水出现鱼的原因肯定是因为河水长期污染造成的，现在的河流如一片不能呼吸的荒漠，什么生物都难以生存了，可自来水是我们周围惟一没有污染的水源，也是鱼儿们理想中最后栖息的一片净土，他们出现在自来水管中应该是情理之中的事情。

可鱼是如何跑进自来水管的？专家们没有一个能解释得清楚。报社还采访了很多权威人士，他们同样无法作出合理的解释……

不久，又有很多市民在自家的自来水管里发现了虾，螃蟹，泥鳅等几乎河里所有生物的身躯……

陨落的星星

经过夫妻俩数十年的耕耘，老拐还真盖上了一栋新房了。想想这十来年，老拐还真是个孬种。

老拐一出生就和别人不同，一只手臂老往外拐。老拐的父亲狠狠地拉直了几回，拉得老拐鬼哭狼嚎，可没过两天又拐回去了。父亲叹了一声：认命吧！于是，老拐的手臂就一直拐到现在。

这样一拐，老拐不仅生活成了问题，二十多岁，连媳妇也没个影儿。和他一起长大的早就娶了媳妇，孩子都上中学了。老拐到了近四十岁才娶回邻村一个丧夫的老女人。女人连个孩子也没给老拐生。

改革开放，山里的男人都在沿海打工挣大钱，可老拐因为身体的原因只能够在家里和黄脸婆种几亩薄田，一年下来能够吃饱两口子的肚皮就很了不起了。

人家男人是大把大把地往家里寄钞票，新房子也一栋一栋在老拐旧房子周围拔地而起。看着邻居们建了新房后热热闹闹地上梁，老拐恨不得自己在哪块土地里挖出一块金砖来，自己也过回上梁的瘾。嗨，在乡下，上梁可是一个男人终身梦寐以求的事情啊，特别是看着小孩拼命地抢从自家房顶扔下的馒头，别提有多自豪，多长脸。

不要说造新房上梁，就是看到小时候的伙伴，老拐也是拼命往墙角里钻。越钻人家就越笑他，你不是往外拐吗，干嘛要往墙角拐？这种冷嘲热讽还不打紧，最气愤的还是和他家一直闹矛盾的三娃。在三娃家新房上梁时，三娃当着全村人的面对老拐说，老拐，就凭你这熊样，这一辈子能盖上新房，我把裤裆里的家伙割掉。

除了大人，村里的小孩也都欺负老拐，除了直呼老拐老拐外，就是看到他们夫妻俩或路过他家的屋前时，小孩都拼命吐唾沫抗议。

人活一脸皮，最后，老拐硬是拼出了老命，逼自己学淡水鱼养殖，这才积存了一点钱。有了这点钱，老拐第一件事就想盖栋新房长长脸。

嗨，现在新房总算有模有样地盖起来了，老拐在新房里转悠，接下来就应该安排上梁一事了。

在乡下，上梁就是请亲朋好友来热闹一番，祝贺乔迁之喜，其中一项重要的仪式就是等木梁搁到屋顶上的时候，要往地下扔馒头。扔馒头时，地上抢馒头的孩子越多就说明以后的日子越红火，房子也越住越顺。

想到这里，老拐犯愁了，平时村里的孩子看到他们就拼命吐唾液，现在上梁扔馒头，那些小孩能来吗？

就是上次三娃上梁扔馒头的时候，不就是他本家的三四个孩子在下面抢吗？再说他三娃在村里混的比我老拐像样多了。

老婆也嘀咕，这如何是好啊？没有孩子抢馒头，怎么能行，这可是祖上定的规矩啊！

老拐最后只好硬着头皮和村长土根说了一下，能不能请他帮一下忙。土根指着老拐的鼻子说，你才多大的鸟事，也来找我？你还是去找找孩子头"小霸王"吧？

"小霸王"其实就是村长的儿子。在小孩子中间，他可是一呼百应。老拐一和他说抢馒头的事。小霸王就说，老拐啊老拐，我们稀罕抢馒头吗？再说你家里这么穷，我们谁愿意去？……后来，"小霸王"顿了一下说，你能够给我们每个人一点小费，我们倒可以去帮你家抢抢。

邀请你们去抢馒头还要小费？老拐怎么也想不通。想起他们这代人小时候饿得发慌，只要听到哪里上梁就挤破脑袋也要去抢几个馒头来尝尝，馒头可是填饱肚皮的好东西啊！嗨……

想想也没有其他办法，老拐只好答应给每人五元钱，"小霸王"这才答应带伙伴前来。

上梁开始了，到了抢馒头的时候，这些孩子别提有多卖命。老拐和老婆站在旁边，一脸的幸福。看着孩子们各攥满自家又白又大的馒头一个不落地出去，老拐和老婆差点没有击掌叫好。

不一会儿，老拐夫妻听到屋外有抛掷物体的声音，出门一看，银白的馒头闪耀在空中，像一颗颗洁白的星星在孩子们的手掌间飞舞着。地上陨落的星星和孩子们手中飞出的星星交相辉映，迷蒙了老拐夫妻的双眼。

# 小米的婚事

　　小米，怎么说呢，像她这样有出色条件的女子，早就应该把自己嫁出去了。小米一直是我们这群发小中最超凡脱俗的花仙子。如今我们这些簇拥她的绿叶都纷纷飘进了婚姻的殿堂，而且都鳞次栉比地萌发了新芽。可花仙子小米如今依然孤芳自赏。

　　当然这也不能完全怪小米。

　　小米的父亲英年早逝，一直由母亲含辛茹苦地抚养长大。小米上有一个哥哥，下有一个弟弟。小米没有成功出嫁并不是她崇尚独身主义，也不是她没有机缘。早些年有一位狂热的追求者，信誓旦旦说非小米不娶。小伙子可谓英俊潇洒，家庭条件和小米家也算门当户对的。小米准备以身相许，可小米妈是一万个不乐意。说你大哥都还没有找对象，你小米着什么急，不行，得先来后到，这个次序先不能乱。

　　盼啊盼，总算有人恋上大哥了。于是家里就忙着给大哥买新房，装修新房。此时的小米妈喜笑颜开，也怂恿着小米该找对象了。小米妈怂恿归怂恿，但也撂下一句话：小米你是我生的，你的对象也必须由我帮着找。小米本以为逃脱了枷锁，可绳索又捏紧在母亲手里。

　　小米妈很快帮小米物色到了一个泥水匠男友。小米一万个不乐意，说自己怎么就配个农民工，怎么说自己也是一家私企的办事员，找个泥水匠也太离谱了。

　　可小米妈却说，泥水匠凭自己的本领吃饭有什么不好，再说现在做泥水匠的工资每天也可以上 300 元了，比有些白领的工资都高呢。

　　小米知道执拗不过母亲，只好默许。没过几天，泥水匠小伙子就出

现在了大哥的新房里。泥水匠小伙子正火急火燎地帮大哥的毛坯新房做泥水方面的装修呢。

很快，大哥的房子地面墙面焕然一新了。

几天后，小米妈帮小米物色到了一个木匠男友。小米当然也不乐意。小米只是纳闷，木匠比泥水匠能好多少？可母亲却说，那个泥水匠做工真差，贴几块瓷砖都凹凸不平，这样粗糙的手艺能行吗？母亲愤怒地说，我可不希望我可怜的闺女嫁个没有好手艺的家伙。

小米知道执拗不过母亲，只好默许。没过几天，木匠小伙子就出现在了大哥的新房里，木匠小伙子正火急火燎地帮小米大哥的新房做门板柜子方面的装修呢。

很快，大哥的房子的门框柜台亮丽呈现了。

几天后，小米妈帮小米物色到了一个水电工男友。小米当然也不乐意。小米只是纳闷，水电工比木匠能好多少？可母亲却说，那个木匠做工真差，几扇柜子的门左右也合不上缝，这样粗糙的手艺能行吗？母亲愤怒地说，我可不希望我可怜的闺女嫁个没有好手艺的家伙。

新房里，水电工小伙子正火急火燎地帮小米大哥的新房做水电方面的安装呢。

很快，大哥的房子水电设施闪亮登场了。

几天后，小米妈帮小米物色到了一个涂漆工男友。小米当然也不乐意。小米只是纳闷，涂漆工比水电工能好多少？可母亲却说，那个水电工做工真差，管线的布局乱如蛛丝，这样粗糙的手艺能行吗？母亲愤怒地说，我可不希望我可怜的闺女嫁个没有好手艺的家伙。

新房里，涂漆小伙子正火急火燎地帮小米大哥的房子做墙壁的美化呢。

很快，大哥的房子色彩就异彩纷呈了。

……

前前后后，小米妈帮小米物色了不下十位男友，但又都被小米妈一一否决。在不断的物色和否决中，大哥的新房脱胎换骨地可以当结婚新房了。

在喜庆和喧闹声中，大哥结婚了。

我们想，小米也该水到渠成地找对象结婚了吧。

可当我们嘲笑小米什么时候可以吃到她的喜糖的时候，小米却总是欲言又止。

我们还是打探到了缘由：小米妈要小米再等等，等小米的弟弟结婚后小米就马上结婚。

我们都惊呼起来，什么理由啊。

转眼一想，可能是弟弟的新房还没有装修吧。

但我们却又咂舌：小米的弟弟可是个脑瘫患者啊！

懒　生

懒生是何物？懒生说白了就是黄鳝，只不过这种说法只是在赣中的几个小山村流传而已。

黄鳝只所以称为懒生，据说和一个叫懒生的年轻人有关。

在赣中吉水尚贤乡有一个叫秧塘的山村，村里有个年轻人姓刘，小名叫二根，二根从小就没爹没娘，靠吃百家饭长大。长大后，他依然好吃懒做。因为懒，村里人都叫他懒生。

懒生懒是懒，但有一件事例外，那就是抓黄鳝。

赣中一带盛产黄鳝，焖黄鳝是这一带最著名的一道美味，平时是不太能吃到的，只有家里来了尊贵的客人，焖黄鳝才会端上桌面。焖黄鳝有许多讲究，但有一点就是作为原料的黄鳝必须是半斤至八两的重量：太小不入味，太大肉粗糙。

懒生长到了十二岁，好手好脚的，村里人就不再供养他了，懒生被迫自己干活挣饭吃。他什么都不愿干，一说到抓黄鳝，他心里就来劲。因此，这也就练就了他一副抓黄鳝挣饭吃的好本领。

别人抓黄鳝全靠眼和手。可懒生正好相反，他抓黄鳝靠鼻子和脚。

那年，村里的财主刘大肚家省城来了客人，客人特意要吃黄鳝。可那时正值寒冬腊月，天气奇寒，不要说黄鳝，就是人也冻得不敢出门。刘大肚为了客人不扫兴，吃到焖黄鳝，叫来了秧塘村里村外几十号会抓黄鳝的人，而且抓来的黄鳝给出的价钱是平时的十倍。几十号人这才跃跃欲试。可从大清早出去，到了晌午，那群人才慢腾腾地回来，有三分之二的人是提空竹篓回来的，其他的也只是抓到了只有线粗，少得可怜的数来只。刘大肚气得半死，只恨自己这时钱财再多也排不上用场，嗨！最后他也不得不把唯一的希望寄托在懒生身上了。

懒生是晌午睡过午觉后才出去的，不到半个时辰，他就提着满满的一竹篓，足足有二十余斤的黄鳝而归，而且黄鳝都大如拇指。刘大肚无比激动，其他几十号人也无不啧啧称奇。

后来人们发现，懒生抓黄鳝有三个特点：判断准，出手狠，速度快。一见洞口，懒生先用鼻子闻闻，据他自己说，他一闻气味，就知道洞里面黄鳝的大小，黄鳝位置的深浅。然后，就用大脚趾往洞口拼命地猛戳三下，黄鳝一伸出头来看究竟，懒生以一个迅捷的动作，立马就提着它的脑袋到竹篓里去了。

懒生不仅抓黄鳝无人能敌，焖黄鳝的技术也是出神入化。这一带的地主、财主都纷纷雇他长年累月焖黄鳝。能够吃上一回懒生做的焖黄鳝，老百姓都说第二天死去也值。因此在秧塘村方圆几十里的地方，没有人不知道懒生的威名。

一九三七年，日寇开始入侵中国，一九四二年，赣中吉水尚贤乡一带完全沦陷。日寇驻军秧塘村，日寇将领叫森习一郎，此人表面看文文雅雅，但内心凶狠残暴。与其他日寇将领不同的是，森习一郎特别贪吃，每到一地，他先不是命令其部下抢杀掠夺，而是打听本地的名吃和名厨。

一经打听，知道秧塘村方圆几十里的名吃就是焖黄鳝。懒生也被"请"到了森习一郎的驻地。

二话没说，森习一郎立即命令懒生为他做一道焖黄鳝。做完后，一份为二，懒生先吃，没事。森习一郎才端起碗，一阵猛吃。焖黄鳝的味道美得森习一郎狂舞。于是，懒生每天的任务就是为森习一郎焖一道黄鳝，一份为二，自己先吃，森习一郎接着吃。

森习一郎天天吃黄鳝，这道菜最大的特点是吃了人精神旺盛，性欲也强，因此森习一郎天天以杀人为乐，也糟蹋了无数良家女子。

村人大骂懒生，恨不得将他千刀万剐，都骂懒生对无恶不作的森习一郎如此孝顺，是一条没有血性的汉奸走狗。懒生总是躲避人们愤怒的目光，默默无语。

由于做这道焖黄鳝的要求极高：黄鳝必须是半斤至八两。几个月下来，懒生抓黄鳝的手艺再高，在秧塘村附近的地方再也找不到一只合格的黄鳝了。

面对这样的困境，懒生先是团团急，后才开怀一笑。

第二天，懒生还是做了一道"焖黄鳝"，森习一郎一吃味道竟然大变，立即叫来懒生，并用军刀架在他的脖子上。懒生马上解释道，大君吃黄鳝的时间久了，味道也慢慢会变，还有就是我现在改进了焖黄鳝的工艺……

最后懒生亲自把森习一郎带到厨房，森习一郎一看原料"黄鳝"没变，也就相信了懒生。

可一百天后，森习一郎在驻地悄无声息地死去，死时和睡着时竟然没有两样。宪兵去懒生家里抓懒生，发现懒生也已死亡。由于将领死去，群寇无首，余部纷纷溃逃。

后来据秧塘村的老人讲，懒生最后做的那里是焖黄鳝？只是焖毒蛇而已。这种蛇和黄鳝很像，用肉眼很难分辨，名字叫百日毒。这种蛇的毒性极慢，只有吃到第五十只，毒才会慢慢渗透到心脏，吃到第一百只剧毒才集中爆发，再强壮的人也会在无声无息中死去……

懒生死后，尚贤秧塘村一带的百姓为了纪念他，都把黄鳝叫懒生，焖黄鳝这道菜也从此失传了。

打不死的老三

　　老三发现自己没有疼感还是那天早晨。老三从自家的楼梯上摔下来，咕噜咕噜，连滚带爬好几米，自己竟然没有一点痛。这也使得老三想起了一个月前发生在自己身上的一场车祸。

　　那次，老三去旅游，客车在回来途中竟然从陡峭的盘山公路上摔下山谷。客车摔得七零八落，乘客死的死、伤的伤，可老三一点痛感也没有，除了皮肉上有几道伤痕，全身竟然没有半点伤害。抢救的医生也认为这是个奇迹。

　　老三还是不相信这是真的，自己以前也是怕痛的啊，他小时候最怕父亲打他屁股，一打就哇哇直跳，痛苦不堪，可现在怎么会这样？

　　难道是……

　　老三记起去年回乡下老家。老三翻箱倒柜，从父亲的遗留物中找到了一根老参，也不知道父亲是什么时候珍藏的。老三带回家马上和着排骨煮着吃了，结果是那天晚上疼痛剧烈，难道是一棵毒参？折磨了老三一宿，疼痛几乎要了老三的老命。可第二天，老三却一点问题都没有了，两角泛白的鬓发也开始变黑了。

　　老三不怕痛的消息很快在城区传开了。

　　一个老板客客气气地找到老三，说他开了一家发泄店，就是现在城里人压力大，没有地方发泄，他开的就是专门让人发泄的店，也就是说让心情郁闷的人砸些烂家电，摔些热水瓶或击打橡胶人泄气。

　　老板说，反正你老三不怕痛，你去我们店里充当橡胶人让人打着发泄，这样顾客肯定最满意。

老三很犹豫，我一个活人让别人打行吗？再说打出个三长两短，自己下半生如何是好？精明的老板给老三开出每月 5 千的高价。老三想想自己反正不怕痛也就答应了。

老三上班第一天，顾客有所畏惧，怕揍死了人犯罪。老板当着很多顾客的面，狠狠地揍了老三近半个小时。老三，像打别人似的，不呻吟一声。除了皮肤上有几道印迹，老三其余的地方毫发不损。顾客也就放开手脚揍上了。

几个月下来，老三有些积蓄了。大伙看到四十来岁的他目前还一个人生活，膝下无人、孤苦伶仃，都劝他找位妻子。可老三说，自己曾经的相好桂花去台湾了，他对其他的女性没有任何兴趣，自己一辈子再也不想找别的女人了。

大陆与台湾直航开通后。一天，从台湾直航回来的桂花来找老三。这时，老三正好去上班的路上。桂花很远就看到了老三。为了给老三一个惊喜，桂花一直跟在老三的背后，在一个拐角处，桂花忽然在老三的肩上轻轻一拍。

老三回头一看，身子却突然萎缩了下去。让所有人没有想到的是，桂花就这样轻轻一拍，老三趴在地上再也没有起来。

违 约

还是从那份该死的约定说起吧。

多年前，准确地说是 12 年零 12 个月前。那时，从电视上看到了 Y 城的风光介绍片后，我竟然对 Y 城产生了极度的渴慕。Y 城是座繁华的都市，街道整洁宜人，风光旖旎如画，真是我梦中的天堂。可我却不能涉足 Y 城，理由是 Y 城有条明文规定：Y 城外的人想进入 Y 城必须要和一个想离开 Y 城的人互换，动物亦然。

那段时间，我天天往城乡接壤处跑，远眺我梦中的天堂。能看到却无法实现的梦想让我辗转反侧，日夜思恋。终于，我遇到了他，他长相和我似孪生兄弟，梦想却和我截然相反。他憎恶都市，渴慕乡村，他梦寐乡村如我梦寐都市。

于是，一只来自乡村和一只来自城市的狗把彼此的身份互换了。我们约定，永生不得反悔，谁也不能来找谁，如果谁反悔或谁找谁了，结局只有一条：咬舌自尽。

对天发誓后，我们分道扬镳回到彼此的家中。

来到城里后，我才发现他是如此地傻，高楼大厦，琳琅满目的都市世界真是如梦如幻，美哉壮哉。他竟然会选择我们那个鸟都不拉屎的穷乡僻岭。

我为我的英明选择暗暗叫好，也同时为他的决定惋惜。每天我跟着家人闲步公园，逛商场，品新奇食品，赏绰约美女。家人对我也是呵护有加，给我洗澡，给我美容，给我购置服装，给我配视频播放器，给我睡空调房……

我想想他，住的是破旧纸箱，吃的是粗茶淡饭和野菜，看的不是穷山就是恶水。他还能找到其他的乐趣？

　　我一直荡漾在甜蜜的生活中。

　　几年过去了，Y城人中了邪。

　　家人每个周末都要带我去乡村，这是我无法忍受的。一是我和他互换的目的就是来享受都市生活，二是我和他有约在先，不能回乡村。开始的时候，我选择逃避。可家人对我不依不饶，非得带我去乡村享受迷人的田园风光。我愤怒却无可奈何。侥幸地是，我每次都没有碰到他和乡村的那些熟人，他们去哪里了？

　　不久，家人竟然在乡村买了一幢木板房子。更让我难以忍受的是，家人每天下班后都驾车回乡村。家人还离奇地开辟了一块荒地，亲自种上了五谷杂粮。家人喜欢吃粗茶淡饭和野菜，爱上了逛穷山恶水。

　　这如何是好？早知今日，何必当初。我开始后悔了，但我没有勇气去和他提这事。他能放过我吗？

　　终于，我和他再次相遇在城乡接壤处。方向竟然和第一次时如出一辙：我从乡村朝城里，他从城里朝乡村。

　　我们面面相觑，愧疚满怀。

　　此时，我们都明白彼此的遭遇。

　　我们违约了，两只该死的违约狗。

　　我们仰天长吠，但为了维护狗族的世代忠诚，我们毅然咬舌自尽。

我动了谁的钱包

我和横一起去市郊，是为了完成报社交给我们的一项采访任务，也就是探访在公交车上勇斗抢包歹徒的无名英雄。

朋友横体形正如他的名字，身上的肉都是横着长的，特别是小时候留在额上的刀疤，随着脑袋的增长也加长了几公分。我平时喜欢戴一副墨镜，留一头长发。现在的年轻人都认为这样潮，我当然也不能太落伍。

横和我是最早踏上 440 路公交车的，一般坐这辆车的人都是直达市郊的。考虑到我们俩年轻，还有就是这路一直在修，坑坑洼洼。我们就商量坐在车的最后排。最后排有四个座位。

不一会儿，一位手挎公文包，身材厚实的年轻人上车了，一问价钱，就和售票员争吵起来了：

"三元!"

"四元!"

"三元!"

"四元!"

……

最后，售票员指着我们俩对那个年轻人说，你去问一下那两位先生，看看是不是四元？年轻人瞧了我们一眼，顿时不说话，爽快地掏出钱包买好票坐在位置上。

陆续上车的人差不多了，时间一到车也开了。可我们旁边那两个座位却一直空着。

不久，路上上车的人把前面的位置都坐满了，只剩下我们旁边那两个座位还是空着的。

在市区丁字路口停靠点，一位姑娘上车了，我们想她一定会坐上来的。可是，姑娘看了一下两个空位置。刚想走来，脸色忽然一沉，把抬起的前脚又轻轻放下。

在市区十字路口停靠点，两位老伯上来了，开始看到我们旁边的两个座位喜出望外，可一走近，走在前面的老伯却边折回边笑着说，老李啊，我们不是说要锻炼身体吗，现在我们就先锻炼锻炼一下脚力了哦！

车子就这样摇晃地开着，在修路的那一段，我们看见那位姑娘和那俩老伯死死地抓住车的横杠左右晃动，就像吊在树上的秋千一样在车厢里飘荡。

这时，横想到了一个恶作剧：那就是我们蒙上眼睛去向车上的人掏一个钱包，然后再还给他们，看看车里的人有什么反应。如果车上的人作出了反应，横就输了，请我撮一顿。反过来就我输了，呵呵，有趣。

虽然方法有点离谱，但试试也可以吧，好像外国记者也有过这样的实验。反正又不是真去偷钱，偷到了也会还给他们的。我们想他们会相信我们的，因为我和横都是本市晚报的著名记者，我们的名气十里八乡都知道，即使误会了，我们也可以出示记者证给他们看，当然还有身份证，再误会的话我们就说是报社策划的一个活动，呵呵！

说做就做，我们立即蒙上双眼，出乎意料，我们很快地就各掏到一个钱包，虽然在这过程中我们都碰撞了不少人，可我睁开眼环视了一下，车上的人都若无其事地看着窗外。

我们先是一怔，再是一起窃笑。

恶作剧完了，就得找失主了。我们询问：谁丢了钱包？全车的人面面相觑，呈现一种前所未有的寂静，只听到司机加档的喀嚓声。

"我动了谁的钱包！" "我们动了谁的钱包！" 只听到汽车在山石路上的颠簸声……

车终于到站了，下车的乘客"呼"地一下子走光了，我们手里的钱包却没有还出一个。

无奈，在采访前，我和横只好趁着正午的阳光朝市郊派出所走去。

兄弟俩

爷爷的父亲叫祖爷。祖爷生了两个儿子，大爷和爷爷。

祖爷世世代代住在海边，打鱼为生。祖爷从小就教导大爷和爷爷，你们一定要学会游泳，否则你们打鱼迟早会被海水淹死。4岁那年，祖爷教兄弟俩学游泳。大爷很灵巧，几乎无师自通，祖爷半个上午就把他教会了。爷爷笨拙，祖爷教了整整一个星期，爷爷一到水里还是拼命喊怕。最终爷爷也就没有学会游泳。

祖爷整天唉声叹气地为爷爷担忧，你不会游泳，在海边如何能活下去？祖爷带着遗憾离开了人间，在去世之前还不断教导兄弟俩出海打鱼一定要同去，这样大爷就可以照顾好爷爷。

15岁那年，爷爷和大爷去海里打鱼，一个巨浪袭来，掀翻了他们乘坐的渔船。大爷一落水就拿起游泳的架势，拼命向海岸游去。可还没有游到岸边就被风浪吞噬。爷爷一落水，不会游泳，就拼命把脚往海底蹬，结果一蹬，脚下正好有一块暗礁，站在暗礁上，水才过腰，爷爷的性命也就保住了。

爷爷生了两个儿子，大伯和父亲。

爷爷生下兄弟俩的年代是知识爆炸的年代。爷爷教导两个儿子说，你们一定要读好书，没有文化会一辈子过苦命日子。爷爷立下砸锅卖铁的决心，要把两个儿子培养成文化人。大伯很聪慧，读书时芝麻开花节节高，最后考上了名牌大学，成为爷爷心目中的文化人。父亲天生贪玩，不务学业，小学都没有读完就被老师善意劝退。爷爷很担心父亲，说，命苦的儿啊，你这辈子就准备过苦日子吧。

大伯毕业分配到了一个肥得流油的局里，不到几年就坐上了局里的第一把交椅，和他打交道的都是文化人。父亲却在家里务农，成了农村的泥腿子，整天跟鸡、鸭、牛等禽畜打交道。爷爷弥留时，拿着大伯的手，说，一定要照顾你那苦命的亲弟弟。

　　五年后，大伯由于和某些文化人打交道不慎，锒铛入狱，而且是无期徒刑。面对牢狱之灾，大伯妻离子散，苦不堪言。父亲在农村活得有滋有味，每个月还会带一些农产品去探大伯的监。

征文启事

由于财政紧缩，县里各单位都在进行财政改革，县作协也不例外。

县作协靠财政拨款的日子结束了，取而代之的是县财政只给一部分基本工资，其他什么福利、奖金靠自己解决。政策一改，什么油水都没有了，基本工资有多少？真正来钱的是福利、奖金之类的啊，可……王主席只能无奈地摇头。

按理说在作协工作的人都有一只笔，写写文章也有不错的稿费收入，可现在的纯文学刊物也难生存，纯文学不仅上稿难，稿费也低。由于以前什么都不愁，作协的同志多年不写东西了，笔头都不知道钝到什么地步了。

活人还会被尿憋死，单位机灵鬼小胡来了个主意：举办一次征文大奖赛，然后获奖的文章结集出版。

这事到职工会上一说，大伙纷纷叫好。领导一听可行，当即拍板。不久，全国主要报刊出现了一个十分诱人的"征文启事"。

启事发出后，单位的人都在等着发财了。可许多天过去了，响应者寥寥无几，想一想前期的广告投入，单位领导急得可是团团转。到了截稿前一个星期还不到一百份来稿。

我们都知道，现在的征文都是只要你来了稿，就发一封贺信给你，说你的文章获得了几等奖，恭喜你的同时还会有这样一行字"你的大作拟入选××文集，为了弥补大赛经费不足，特向获奖者收取证书、邮寄、校对编辑等费用×××元，谢谢你的支持！"

可现在……没来稿怎么办才好？前期广告支出可是近10万！

关键时刻，机灵鬼小胡又出现了。

"现在的人都学乖了，怕受骗，我一个朋友告诉我，碰到这种情况，再花笔钱做广告，登一则前一届征文大奖赛获奖名单并延长征文时间。"

"登前一届的名单？可我们是第一次搞征文大赛，哪有什么上一届获奖名单啊？"同事都焦虑地问。

"还说是搞文学出身的人，没有不可以虚构吗？"

不久，报刊上出现了"成名"杯延长截稿的启事并重点附上了前一届"成名"杯大奖赛的"获奖名单"及高额奖金。

这一年，县作协奖金、福利比哪一年都丰厚。

排除疗法

一回到家，母亲就急切地对我说："大刘来找你了，你快去他那里看看吧。"

"就是高中时和我睡一张床的大刘吗？"

从高中毕业后，我就和大刘没有联系了。那时，我考上了一所不出名的大学。大学毕业后，找了好多单位就是因为我们的大学名气不够响，招聘的领导一见到我的自荐书，就急忙说抱歉。后来好不容易在一小企业上班，没呆上半年就因为经营不善而关门，连进厂时交的 2000 元培训费也没赚回来。听说大刘毕业后到一个什么学校学了一年的医学专业，就到省城了开了一家诊所。好几个同学都说这小子发了，去年回家时还开回了一部高档私家车，把我们这些老同学都羡慕死了。

到家里呆了 3 个多月，工作还没有音讯。听母亲这么一说，自己现在反正也是闲着，去他这里或许能找到点活干。

我马上动身去找他，一到省城就直奔他开诊所的地方。诊所开在一条繁华的街道，租了好几间门面，里面穿白褂的医生忙忙碌碌。大刘一看到我就说："哥们，你来了，听说你没有找到工作，我可找你好久了。"

"可我对医学一窍不通，能行吗？"

"能行的，你明天就来上班吧。"

我就在大刘的诊所呆了下来，一开始跟其他医生学习看病的一些常识。不到一个星期，大刘就对我说："感冒科的医生辞职了，你明天去负责。"

"可我连行医资格证也没有啊？"

"你放心，隔几天，我就会帮你弄好的。"三天后，他真的给我弄来了一份行医资格证，我也就走马上任了。

我每天帮病人看病，还好，感冒了开一点药就不会有很大的问题，但我每天都是在胆颤心惊中度过。诊所里发的工资是医疗费的提成，我每个月工资都是拿最低等。我心里想反正自己是半路出家的，并不真正会看病，比别的医生少点也无所谓。

那天我和大刘去参加高中同学的一个婚礼。回来坐在他的私家车上，车是请人开的。大刘醉醺醺地对我说："你知道别人为什么比你工资高吗？"

"人家都是名牌医院的专家，有技术，会看病。"

"狗屁，什么专家，他们所谓的专家都是我做假做出来的。假的，都他妈的是假的！"

"大刘，你今天真的喝多了，你还是休息吧，不要再开这种玩笑了。"

"开玩笑？谁给你开玩笑！现在看病还要什么技术啊，排除法你学过吗，只要你懂得排除法就可以了。病人一来诊所，你就从里到外，从头到脚检查个遍，什么内科、外科、B超、心电图、脑电图统统查，查得越多你收入就越高，现在大医院不也这样吗？查出了问题给他开些药，没有查出问题你也给他开些药。你只要大胆地开，没错的。特别是什么补药……"

说着说着，大刘就睡得呼呼响了。但愿大刘说的都是一些醉话。

扑克人生

来到客运中心，却发现由于天气的原因，他要乘的去 C 城的客车晚点。C 城正在举行一场大型相亲会。

等车百无聊赖，他正准备打盹。这时一位妙龄女子在他的身边坐了下来。

他礼貌性地对她笑了笑，算是打招呼。她也婉然回笑。

很无聊，他从旅行包里掏出一副扑克牌，一个人玩起了算命的游戏。

她凑了过来，说，也帮我算算好吗？

他说当然可以，并说其实算命是骗人的把戏，只是为了消磨时间而已。

她抽了 5 张牌，按东南西北中的顺序摆好。

他看了看四向的牌，说，其他三向都是红的，只有去 C 城的方向是黑色的，说明你好运不在 C 城。中间那张是红色，说明你今天就有好运。

她笑了一下，说准吗？

他说，胡乱编的，信就信，不信也就不信。

她说，你自己也算一下如何？

他也抽了 5 张牌，按东西南北中的顺序排开。他发现自己的红黑排序和她惊人相似。

玩完游戏，时间尚早，他说我们再来玩几盘牌吧。她默许。

她说，正好我想去买一瓶可乐，输了你帮我去买。他说，好，我也想要一瓶矿泉水，输了你帮我去买。

他们都抓了 18 张。她输了，她帮他买来了矿泉水，当然包括自己的可乐。他掏钱给她。她拒绝了，说，算我输了请客。

他说，再玩？她默许。她问，这次玩什么？他说，来点惩罚性的。他征求她的意见，玩刮鼻子如何？谁赢几张牌，谁刮对方几下。她默许。

他们玩 12 张。他赢了 8 张。他有点矜持，用扑克牌刮了她 8 下。她说牌太多了。

他说那玩 5 张好了，这次她还是输了 2 张，她说用扑克牌刮太痛，还是用手直接刮好了。他只好用手轻轻刮了她两下。虽然很轻，她还是露出了嗔怪状。

他们玩了好几盘，她全输了。后来，她说不玩了，我总是输，没有意思。

不过，她很快说，我们来玩一个牌决定命运的游戏如何？

他一听，觉得蛮刺激，欣然答应。

他问，输赢如何？

她说，谁输了就答应赢者一个要求，输者无条件答应。

他说，真的吗？她说，真的，不能反悔。

他想了想，这无非是一个游戏而已，就答应了。

轮到她洗牌。他抓了一个 8。她抓了一个 K。她大。

他认输。

这时，车站的广播响了，去 C 城的车开始验票上车了。他对她说，你快提要求吧。她笑了起来，说，你跟我回家，做我的另一半。

他愕然。可她认真地撕毁去 C 城的票，提起了他的旅行包朝出口走去……

阿　翠

　　全家外出旅游一回来，邻居就给了我们一个沉甸甸的蛇皮袋子，说这是一位中年农村妇女留下的。她嘱托邻居一定要把这袋子交给我们。我立刻想到，是她，一定是她来过。

　　她是我的老乡阿翠。阿翠闯入我们的生活还是六年前，那时，阿翠在城里一个建筑工地上帮人看管杂物，由于老板拖欠了员工几个月的工资，她便和几位工友来报社反映情况。报社安排我接待她们的来访。阿翠见到我就问，你是刘家庄的阿然吧，在家时就听人说你在这个报社工作。阿翠说她是隔壁杨家村的。

　　阿翠反映的问题，第二天就以记者调查的形式见了报，阿翠很快就拿到了建筑老板拖欠她的工资。几天后，阿翠和她的工友买了一些苹果，找到我家里来说是为了感谢。阿翠是第一位来我家的老乡。我多年没有回过老家，更没有听到过乡音了，阿翠的到来使我备感亲切。阿翠用家乡话和我聊起了家乡的很多事情。离开时，我礼节性地说了句，有空过来玩。

　　于是，只要有空，阿翠就隔三差五来我家玩，有时纯是为了叙叙旧，因为在这座城市，她也和我一样，很难找到能说家乡话的老乡。有时阿翠是来帮我家干一些体力活。那阵子我妻子正怀孕，家里正缺个帮手，阿翠的到来为我们减轻了不少负担。

　　我从阿翠的言谈中得知了她的一些情况：她嫁给邻村的丈夫，并生了两个孩子。丈夫帮一家公司开货车，前些年日子过得活泛。后来丈夫出车祸离她而去，公司只赔了一点小钱。现在家里什么都没有了，为了供养孩子读书和补贴家用，阿翠不得不出来打工。两个孩子留给年迈的婆婆。

我和妻子都对阿翠的遭遇深表同情，但妻子从小生活在大都市，体味不到乡下人的艰辛，我甚至想请阿翠做我们孩子的保姆，但妻子嫌乡下人脏、文化又不高，教不好孩子。

阿翠后来在另外一家餐馆找了一份洗碗的工作，可拖欠工资的事依然时有发生。由于需要日常开支，阿翠经常向我们借几块有时几十块钱，借得最多时也就百来块。我也很乐意借给她。因为工资一发，阿翠就会立即把钱还给我们。

有一天，阿翠匆匆忙忙地跑到我家，说她家里的大孩子病了，住院动手术要好一笔钱。她羞涩着，想要我借给她800元钱。她说等发了工资就立刻还给我们。我深表同情，虽然当时800元钱是我一个月的工资，但我还是毫不犹豫地把钱借给了她。

自从我把钱借给她以后，她就再也没有来过我家。妻子怪罪下来，说我竟然把800元借给老乡。妻子还说她早就怀疑我的这个老乡是骗子。妻子的理由是现在哪有人会如此热心地给别人家里做事？

我对妻子说，以前人家借了钱不都还了吗？妻子愤怒说，她就是利用借钱还钱这种伎俩来骗取我们的信任。

我无语。从此我们真的没有再见到阿翠了。有几次路过阿翠曾经工作过的地方，我也没有见到过她。听店里的一个同事说，阿翠不知什么原因，忽然有一天跟谁都没打招呼，就匆匆离开了。

整整六年了。此刻，我和妻子打开蛇皮袋一看，里面尽是些松果、薯条等农产品，中间还夹杂着一封信。打开信封，里面装有800元崭新的钞票。在信封的背面有数行歪歪扭扭的字。意思是：六年前，她不辞而别是因为医院说孩子得了白血病。虽然匆匆忙忙地赶回家，但因无钱救治，孩子已随丈夫去了。她说那时真想再次向我借钱，但怕还不起就没再开口。现在她和剩下的那个孩子相依为命，为了还这800元钱，她和孩子省吃俭用了整整六年……

最后一句是：现在钱还了，一颗悬着的心也放下来了。

我心里很震动，为这样一个农村妇女。同时也很难过，这 800 元在我是一个月的工资，在她却要积攒整整六年。我和妻子都朝老家的方向远望，但钢筋水泥垒就的大厦一层又一层把我们的视线阻断。我们看到的只是狭小的一线天。

　　不知何时，我发现自己、妻子眼里早已噙满泪水。